Goosebumps®

Goosebumps®

午夜的稻草人

The Scarecrow Walks at Midnight

R.L. 史坦恩（R.L.STINE）◎著

陳言襄◎譯

致台灣讀者

讀者們，請小心……

我是R・L・史坦恩，歡迎到「雞皮疙瘩」的可怕世界裡來。

你是否曾在深夜裡聽到過奇怪的嚎叫？你是否曾在黑暗中聽到腳步聲——卻根本看不到人？你是否見過神祕可怖的陰影，幽幽暗處有眼睛在窺視著你，或者身後有聲音叫你的名字？

如果是這樣，你應該了解那種奇特的發麻的感覺——那種給你一身雞皮疙瘩、被嚇呆的感覺。

在這些書裡，幽靈在閣樓上竊竊低語；膽顫心驚的孩子忽而隱形；稻草人活了，在田野裡走來走去；木偶和布娃娃也有生命，到處嚇人。

當然，這些都是磨礪心志的好玩的嚇人事。我希望你們感到害怕，同時也希望你們大笑。這都是想像出來的故事。當然，最可怕的地方在你們自己心裡。

過個害怕的一天吧！

出版緣起

人生從奇幻冒險開始

何飛鵬
城邦媒體集團首席執行長

我的八到十二歲是在《三劍客》、《基度山恩仇記》、《乞丐王子》中度過的。可是現在的小孩有更新奇的玩具、電玩、漫畫，以及迪士尼樂園等。

八到十二歲，正是孩子從字數極少、以圖畫為主的繪本閱讀，跨越到漸漸以文字閱讀為主的時期。也正是訓練孩子從圖像式思考，轉變成文字思考的重要階段。在這個階段，養成長期的文字閱讀習慣，能培養孩子敘事、分析、推理的邏輯思辨能力，奠定良好的寫作實力與數理學力基礎。

然而，現在的父母擔心，大環境造成了習於圖像、不擅思考、討厭文字的一代。什麼力量能讓孩子重回閱讀的懷抱呢？

全球銷售三億五千萬冊的「雞皮疙瘩」，正是為了滿足此一年齡層的孩子的需求而誕生的！

無論是校園怪奇傳說、墓地探險、鬼屋驚魂，或是與木乃伊、外星人、幽靈、吸血鬼、殭屍、怪物、精靈、傀儡相遇過招，這些孩子們的腦袋裡經常出現的角色或想像，經由作者的生花妙筆，營造出一個個讓孩子們縱橫馳騁的魔幻時空、光怪陸離的神奇異界，經歷各種危急險難，最終卻又能安全地化險爲夷。這樣的冒險犯難，無論男孩女孩，無不拍案稱奇、心怡神醉！

本系列作品被譯爲三十二種語言版本，並在全球數十個國家出版，創下了出版史上多項的輝煌紀錄，廣受世界各地孩子的喜愛。作者史坦恩表示，這套作品之所以成功，是因爲多年的兒童雜誌編輯工作，讓他對兒童心理和兒童閱讀需求有了深刻理解——他知道什麼能逗兒童發笑，什麼能使他們戰慄。

我們誠摯地希望臺灣的孩子也能和世界上其他的孩子一樣，有更豐富多元的閱讀選擇。更希望藉由這套融合驚險恐怖與滑稽幽默於一爐，情節緊湊又緊張的「雞皮疙瘩系列叢書」，重拾八到十二歲孩子的閱讀興趣，從而建立他們的閱讀習慣，擁有一個快樂學習的童年。

現在，我們一起繫好安全帶，放膽體驗前所未有的驚異奇航吧！

專文推薦

戰慄娛人的鬼故事

國立臺北教育大學語文與創作系兒童文學教授 廖卓成

這套書很適合愛看鬼故事的讀者。

文學的趣味不止一端，莞爾會心是趣味，熱鬧誇張是趣味，刺激驚悚也是趣味。有人擔心鬼故事助長迷信，其實古典小說中，也有志怪小說一類，《聊齋誌異》就有不少鬼故事。何況，這套書的作者開宗明義的說：「這都是想像出來的故事」，不必當眞。

既然恐怖電影可以看，看鬼故事似乎也無妨；考試的書讀久了，偶爾調劑一下，對頭腦卻是有益。當然，如果看鬼片會連續失眠，妨害日常生活，那就不宜勉強了。

雋永的文學作品，應該有深刻的內涵；但不少兒童文學作品說教有餘，趣味不足。只要有趣味，而且不是害人爲樂的惡趣，就是好的作品。鮑姆（Baum）在《綠野仙蹤》的序言裡，挑明了他寫書就是爲了娛樂讀者。

倒是內行的讀者，不妨考校一下自己的功力，留意這套書的敘事技巧，由主角「我」來講故事，有甚麼效果？書中衝突的設計與化解，是否意想不到又合情合理？能不能有不同的設計？會不會更好？這是另一種引人入勝之處。

導讀

結局只是另一場驚嚇的開始

耿一偉
臺北藝術節藝術總監
臺北藝術大學戲劇系兼任助理教授

不知道大家還記不記得，小時候玩遊戲，比如捉迷藏等，都會有一個人要當鬼。鬼在這個遊戲中很重要，沒有鬼來捉人，遊戲就不好玩。這些遊戲的關鍵特色，不是人要去消滅鬼，而是要去享受人被鬼追的刺激樂趣。所以當鬼捉到人後，不是遊戲就結束，而是下一個人要去當鬼。於是，當鬼反而是件苦差事，因爲捉人沒有樂趣，恨不得趕快找人來替代。所以遊戲不能沒有鬼，不然這個遊戲就不好玩了。

在史坦恩的「雞皮疙瘩系列」中，這些鬼所扮演的角色也是類似遊戲中的鬼，給我帶來閱讀與想像的刺激。各位讀者如果留意一下，會發現在他的小說中，都有一個類似的現象，就是結局往往不是一個對抗式的終局，一種善惡誓不兩立，以消滅魔鬼爲最終目標的故事——這比較是屬於成人恐怖片的模式，不是你死，就是人類全部變殭屍。但「雞皮疙瘩系列」中，你的雞皮疙瘩起來了，可是結尾的時候，鬼並不是死了，而是類似遊戲一樣，這些鬼換了另一種角色，而且有下一場遊戲又要繼續開始的感覺。

礙於閱讀的樂趣，我無法在此對故事結局說太多，但各位看完小說時，可以再回想我在這裡說的，就知道，「雞皮疙瘩系列」跟遊戲之間，的確有類似性。換另一個角度來看，這些主角大多為青少年，他們在生活中碰到的問題，如搬家面對新環境、男生女生的尷尬期、霸凌、友誼等，都在故事過程一一碰觸。

「雞皮疙瘩系列」令人愛不釋手的原因，也在於表面上好像主角是鬼，但讀到一半，你會感覺到，故事的重點不知不覺地從這些鬼怪轉移到那些被追的青少年身上，鬼可不可怕不是重點，重點是被追的過程中，一些青少年生活中的苦悶，也被突顯放大，甚至在故事中被解決了。所以你會在某種程度感受到，這本書的內容是在講你，在講你的生活，在講你的世界，鬼的出現，只是把這些青春期的事件給激化了。

另一個有趣的現象，是從日常生活轉入魔幻世界的關鍵點，往往發生在父母不在身邊，然後主角闖入不熟識空間的時候——比如《魔血》是主角暫住到姑婆

家、《吸血鬼的鬼氣》是闖入地下室的祕道、《我的新家是鬼屋》是新家的詭異房間……等等。

因爲誤闖這些空間，奇怪的靈異事件開始打斷平凡無趣的日常軌道，一段冒險展開了，一場你追我跑的遊戲開始進行，而父母們往往對此毫無所悉，不知道自己的兒女在故事結束時，已經有所變化，變得更負責任，更勇敢。

「雞皮疙瘩系列」的意義，也在這個地方。在平凡無奇充滿壓力的青春期校園生活中，有那麼多不快樂、有那麼多鬼怪現象在生活中困擾著我們，但這無法跟家長說，因爲他們不能理解，他們看不到我們看到的。但透過閱讀，透過想像力所引發的鬼捉人遊戲，這些不滿被發洩，這些被學校所壓抑的精力被釋放了。

幸好有這些鬼怪的陪伴，日子不再那麼無聊，世界可以靠自己的力量改變。終究，在青少年的世界裡，鬼怪並不是那麼可怕，在史坦恩的小說中，也往往會有主角最後拯救了這些鬼怪的情形，彷彿他們不是惡鬼，而比較像誤闖人類世界的外星人……這也是青少年的焦慮，他們正準備降臨成人世界，這件事讓他們起了雞皮疙瘩！！

1.

「嘿，裘蒂……等等我！」

我轉過身，瞇眼望著一片白花花的陽光，只看到我弟弟馬克還在月臺上，而火車已經離站了。遠遠望去，那列火車正蜿蜒著穿過低矮的草地。

我回頭看著史丹利，他是外公、外婆農場雇用的工人。史丹利站在我身旁，兩手分別提著我和馬克的手提箱。

「要是你去查字典裡『慢郎中』這個詞，就會發現它正是馬克的最佳寫照。」

「我喜歡讀字典，裘蒂，」史丹利笑著說，「經常一讀就是好幾個小時。」

「馬克……你快點！」我喊道。但他還是一副茫茫然的樣子，慢條斯理的走著。

我把頭髮甩到肩後，轉身面對史丹利。

我和馬克已經一年沒來農場玩了，史丹利卻一點都沒變。

他瘦巴巴的，外婆常說他「就像根麵條似的」，身上那件連身斜紋粗布工作褲看起來永遠都比他的身材大上五號。

我猜史丹利大概四十或四十五歲吧！他理了個大平頭，幾乎短到能看見頭皮，一對巨大的招風耳老是紅咚咚的。每次看見他那對又大又圓的棕色眼珠，總讓我想起小狗的眼睛。

史丹利的頭腦不太靈活，寇特外公常說他並不是用一百瓦的電力在運轉，意思是說他少一根筋吧！

儘管如此，馬克和我都很喜歡史丹利，因爲他既幽默又親切，脾氣又好，也很友善，每次我們到農場玩，他都會帶我們去看一些有趣的東西。

「妳看起來不錯，裘蒂，」史丹利說著，臉頰漸漸紅了起來，就像他的紅耳朵一般，「妳今年幾歲了？」

「十二歲，」我回答，「馬克十一歲。」

你自己背。
Carry it yourself.

「那就是二十三歲囉！」他沉吟了一會兒，開玩笑的說。

我們一聽都笑了。史丹利就是這樣，經常冒出一些令人意想不到的話來。

「我好像踩到什麼怪東西了。」馬克終於趕上我們，嘴裡咕噥著。

只要他一開口，我隨便都猜得到他要說什麼。我這個弟弟只會三個詞兒——「酷」、「怪」、「噁」。沒蓋你哦！這就是他會的所有單字了。

上次他生日，我開玩笑的送了他一本字典。

「妳實在有夠怪的，」我把字典拿給他時，他說道，「真是超噁的禮物！」

我們跟著史丹利走到那輛破破爛爛的紅色小卡車時，馬克一直以白色鞋面在地上刮著。

「妳幫我拿一下背包。」他說著把塞得鼓鼓的背包推給我。

「休想！你自己背。」我告訴他。

背包裡放了他的隨身聽、大約三十卷錄音帶、好幾本漫畫書、電動玩具，還有至少五十卷遊戲軟體卡帶。我知道他打算一整個月都躺在農舍後面門廊的吊床上，一邊聽音樂，一邊打電動。

所以啦……想都別想！

爸媽說我得負責盯著馬克，別讓他老是關在屋子裡，得到外頭玩，好好體驗一下農場生活。在城市裡窩了一整年，每年暑假爸媽都送我們到寇特外公和瑪蓮外婆這裡來住上一個月——盡情的享受戶外生活。

我們在卡車旁停了下來，史丹利伸手到口袋裡翻找鑰匙。

「今天會很熱，」史丹利說，「除非天氣變涼了。」

標準的史丹利式氣象報告。

我凝視著火車站的小停車場另一頭廣闊的綠色原野，蔚藍晴空裡飄浮著無數的白色雲朵。

眞是美極了！

很自然的，我打了個噴嚏。

我喜歡來外公外婆的農場，但唯一的麻煩是我對農場裡的所有東西過敏。

所以，媽媽幫我準備了好幾瓶過敏藥和一堆面紙在行李箱中。

「保重。」史丹利對我說，並將兩個手提箱輕輕拋進小卡車後頭。馬克也把

背包丟進去。（編註：「保重」一詞原文是德語「gesundheit」，通常在人家打噴嚏後說。）

「我可以坐在後頭嗎？」他問。

馬克喜歡躺在後面的載貨艙看著天空，整個人給顛得七葷八素的。

史丹利的開車技術很差，似乎沒辦法同時握好方向盤和控制車速，所以老是急轉彎，整部車顛得很厲害。

馬克撐起身體爬進載貨艙，四仰八叉的躺在手提箱旁。我爬進前座，坐在史丹利旁邊。

不一會兒，我們就一路彈跳著，沿著狹窄彎曲的小路往農場駛去。透過灰塵滿佈的車窗，看著飛掠而過的草地和農舍，眼前的景物是如此的鮮綠而充滿活力。

史丹利兩手緊握住方向盤的最上方，身體往前傾，直挺挺的靠在方向盤上，眼睛眨也不眨的注視著前方。

「莫第瑪先生不再改建他住的地方了。」他舉起一隻手，指著一處綠色坡地的最上頭，那裡有一棟巨大的白色農舍。

「為什麼？」我問。

「因為他去世了。」史丹利嚴肅的回答。

現在懂我的意思了吧？你永遠猜不到史丹利會冒出什麼話來。

接著我們撞進路上一個很深的凹洞，車子整個彈了起來，我猜馬克的背這下可撞得不輕哪！

這條路通往一個小鎮，它小到根本沒有鎮名，附近的農夫就叫它「鎮上」。鎮上有一家飼料店、一間加油與販賣雜貨的複合式商店，還有一座白色尖頂教堂、一家五金行和一個郵筒。

飼料店前停放著兩輛卡車，我們快速駛過時，沒有看到半個人影。

從鎮上到外公的農場大約兩哩路。途中，我認出了兩旁的玉米田。

「玉米已經長這麼高了呀！」我一面高喊道，一面透過顛個不停的車窗注視著。「你吃過了嗎？」

「只有晚餐吃。」史丹利回答。

忽然間，他減緩車速，轉過臉來看著我。

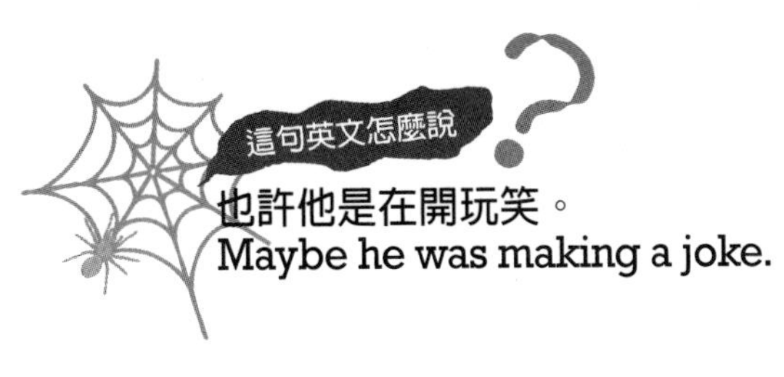

「稻草人會在半夜裡走來走去。」他壓低嗓門說。

「什麼？」我不確定自己是否聽錯了。

「稻草人會在半夜裡走來走去……」他又說了一次，宛如小狗般的雙眼直盯著我。「我在書裡讀到的。」

我不知道該說什麼，只好報以微笑。

我想，也許他是在開玩笑。

但是幾天後，我才明白這不是個玩笑。

2.

望著眼前廣闊的農場，我的內心充塞著幸福的感覺。雖然這不是一座很大的農場，也不特別精緻，但我就是喜歡這裡的一切。

我喜歡穀倉甜甜的氣味，喜歡牛群低聲哞叫、緩緩踱向遠處的牧場，還喜歡看著高大的玉米桿在風中群起搖擺的樣子。

很老套是吧？不過，我也喜歡晚上在壁爐前聽外公講鬼故事哦！

當然，還有外婆做的巧克力碎片鬆餅眞是好吃極了，那種滋味即使我後來回到城裡的家，作夢都還會夢到呢！

我也喜歡當我們衝過去和外公、外婆打招呼時，他們臉上流露的快樂神情。

不用說，我肯定是第一個衝下卡車的。馬克還是一樣慢吞吞的。

我一路跑上老舊的大農舍後頭遮蔭的門廊裡，等不及要見他們了。

瑪蓮外婆步履蹣跚的走了出來，雙手大大的張開著，紗門在她身後重重關上。緊接著，我看到寇特外公又把紗門推開來，急急的走了出來。

我隨即注意到外公的腳更跛了，全身的重量都倚靠在他拄著的白色枴杖上。以前他從不用枴杖的。

我沒有時間多想這件事，馬克和我就已經被他們擁進懷裡了。

「真高興見到你們！真是好久、好久不見了！」外婆高興的大聲說著。

我們交互說著一些每年都會說的話，像是我們長得有多高、多麼像個大人了之類的寒暄話語。

「裘蒂，妳那頭金髮是打哪兒來的？我們家族裡可沒人是金髮的。」寇特外公會搖著他一頭白長髮說，「妳一定是遺傳妳爸爸的……」

「不對，我知道了，我打賭它一定是在哪個店裡買的。」他咧著嘴笑道。那是外公愛開的小玩笑，每年夏天一見面打招呼時他都開這麼個玩笑，而他的藍眼睛會興奮的閃耀著光輝。

「你猜對了，這是假髮。」我笑著對他說。
他露出感到有趣的表情，並使勁拉了拉我的金色長髮。
「你們裝了有線電視沒？」馬克問道，把背包擱在地上拖著走。
「有線電視？」外公緊盯著馬克的臉說，「還沒，不過我們還是可以看到三個頻道，要那麼多頻道做什麼？」
「那就沒ＭＴＶ可看啦！」馬克翻了翻白眼，嘟嚷著。
史丹利提著行李，經過我們身邊走進屋裡。
「我們進去吧！我猜你們一定餓壞了。」外婆一臉慈祥的說著，「我做了湯和三明治，今晚我們吃雞肉和玉米。今年的玉米很甜哦！我知道你們兩個有多愛吃玉米。」
看著外公、外婆在前頭領著我們進屋，我覺得他們比去年更老了些，走起路來也比我印象中更慢了。外公的腳確實更跛了，他們看起來似乎很疲累。
外婆個子嬌小、胖嘟嘟的，圓圓的臉龐配上一頭紅色鬈髮——那是一種不知道如何形容才貼切的亮紅色。不知道她是怎麼染成那個顏色的，我從來沒見過別

人擁有那種髮色。

臉上戴著一副四方形眼鏡，使她看起來十分老氣。外婆喜歡寬寬鬆鬆的家居服，我沒看她穿過牛仔褲或褲裝。

外公則個頭高大、肩膀寬闊。媽媽跟我說他年輕時很帥，就像個電影明星似的。

現在他一頭捲曲的白髮仍然很濃密，他把頭髮弄濕，梳理得整整齊齊，服貼在頭上。

外公那雙閃閃發亮的藍眼珠，總讓我情不自禁微笑起來；細長的臉上有一圈亂蓬蓬的鬍子，因爲他不喜歡刮鬍子。

今天，他穿著一件紅綠相間的長袖格子襯衫，儘管天氣這麼熱，還是一路扣到領口；底下是一條寬鬆的牛仔褲，繫著白色吊帶，一邊的膝蓋上有一塊污漬。

午餐時光很有趣，我們坐在廚房裡的長餐桌，陽光從大窗戶灑進來；從窗戶看出去，可以望見屋子後面的穀倉，以及穀倉之後的一大片玉米田。

馬克與我閒聊了一堆近況——學校裡發生的事、我參加的籃球隊要參加冠軍賽、我們家的新車、爸爸蓄了八字鬍等等。

不知道什麼緣故，史丹利覺得這些事很有趣。他笑得太激烈了，還被豌豆湯給嗆到，外公連忙伸手去拍他的背。

我們很難揣測到底什麼事能讓史丹利捧腹大笑，就像馬克說的，史丹利眞是怪透了。

整個午餐時間，我都一直注視著外公、外婆，實在無法相信才經過一年的時間，他們居然改變這麼多。外公、外婆似乎變得很沉默，行動也很遲緩。

所謂「變老」就是這樣吧！我這麼告訴自己。

「史丹利一定會讓你們看他的稻草人，」外婆一邊說著，一邊將一大碗洋芋片傳給大家。「是不是？史丹利。」

外公大聲的清了清喉嚨。我有個感覺，外公似乎想藉此暗示外婆換個話題。

「我做的。」史丹利得意的咧嘴笑道。他轉過頭來，一雙大眼睛看著我。「我看書，書上有教我怎麼做。」

「你還在上吉他課嗎？」外公問馬克。

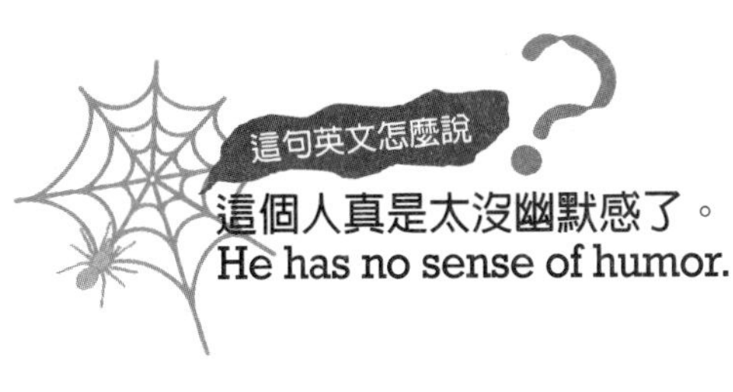

「是啊，」馬克塞了滿嘴的洋芋片，「不過我賣掉原來的普通吉他，換了一把電吉他。」

「你是說得插上插頭的那一種嗎？」史丹利問著，咯咯笑了起來，好像他剛剛說了一個很好笑的笑話。

「眞可惜你沒帶吉他來。」外婆對馬克說。

「才不會呢！」我故意嘲弄道，「要是他眞的帶來，母牛會分泌出酸奶！」

「妳閉嘴，裘蒂！」馬克罵道。

這個人眞是太沒幽默感了。

「牠們已經分泌出酸奶了。」外公喃喃說著，垂下了眼睛。

「厄運，當乳牛產出酸奶就表示厄運當頭。」史丹利瞪大眼睛高聲說著，臉上突然露出十分恐懼的神色。

「不會有事的，史丹利。」外婆立刻安撫他，並伸出一隻手放在他肩膀上。「外公只是在取笑你們。」

「你們兩個小傢伙如果吃飽了，就跟史丹利一起出去玩吧。」外公說，「他

會帶你們到農場上逛一圈，你們不是很喜歡嗎？」

他嘆了口氣，接著說：「我也很想一起去，可是我的腿這幾天又發作了，一直痛得不得了。」

外婆動手收拾碗盤。馬克和我跟著史丹利走到屋外，後院的草坪最近才剛除過草，空氣中瀰漫著一股濃濃的草香。

我看見一隻蜂鳥在房子旁邊的花園裡振翅飛翔。我指給馬克看，但是他轉過頭去的時候，蜂鳥已經飛走了。

在這片長長的綠色院子的最後面，有一座老舊的穀倉，它的白牆斑駁脫落，看起來眞的需要重新粉刷一番。穀倉的門敞開著，可以看見裡頭一堆堆方形的稻草堆。

穀倉右手邊的遠處，幾乎靠近玉米田的地方有一間小屋子，史丹利和他十多歲的兒子「阿棍」就住在那裡。

「史丹利，阿棍在哪裡？」我問，「爲什麼剛剛吃飯時沒看到他？」

「去鎮上了，」史丹利很快的回答，「他騎了一匹小馬到鎮上去了。」

我們已經看過這座農場一百遍了。
We've seen the farm a hundred times.

馬克和我交換了一個眼神——我們從來都想不通史丹利的想法。

我抬手遮擋刺眼的陽光，舉目遠眺，只見玉米田上突出了好幾個黑黑的身形，那應該就是外婆剛剛提到的稻草人了。

「好多稻草人哦！」我高聲說著，「史丹利，去年夏天只有一個，爲什麼今年要這麼多？」

他沒回答，彷彿沒聽見我說的話似的。

史丹利頭上戴著一頂黑色棒球帽，帽沿拉得低低的蓋住前額，兩手插在寬鬆的連身工作褲口袋裡，身體前傾，像隻鸛鳥似的踏著大步往前走。

「我們已經看過這座農場一百遍了，」馬克壓低聲音對我抱怨著，「爲什麼還要再逛這麼大一圈呢？」

「馬克……你可不可以不要這麼毛躁？」我說，「我們每年都要先逛農場一圈，這是一個傳統。」

馬克仍舊自言自語，咕噥個不停。他眞是夠懶的，最好啥事都不做，他就最高興了。

史丹利走在前頭，經過穀倉，走進玉米田。這些玉米桿比我的頭還高，金色的玉米穗在陽光下閃閃發亮。

史丹利攀住一根玉米桿，拉下一個穗。

「我們來看看玉米是不是成熟了？」他微笑著對我和馬克說，並用左手握住，右手去剝開它。

幾秒鐘之後，他把苞葉丟掉，露出裡頭的玉米。

我注視著那個玉米穗，猛然發出一聲恐怖的尖叫……

3.

「噢……眞噁心！」我尖聲叫道。

「噁死了！」馬克也嘟噥著。

裡頭的玉米變成噁心的棕色，而且在穗軸上不停的蠕動著。

史丹利把玉米拿到眼前仔細檢視著。原來玉米軸上覆滿密密麻麻的棕色蟲子，不停的蠕動著。

「不！」史丹利發出恐怖的叫聲，把玉米穗扔到地上，「這是厄運的象徵！書上說的，是可怕的厄運！」

我注視著地上的玉米穗，上頭的蟲逐漸從穗軸上爬走，鑽進泥土裡。

「沒事的，史丹利……」我輕聲安撫他，「我會驚叫只是因爲我太驚訝了，

玉米有時候是會這樣的，外婆告訴過我，有時候蟲會跑進玉米裡頭。」

「不，這是厄運！」史丹利顫聲說道，他的紅耳朵紅得像火一般，大眼睛裡露出恐懼的神色。「書上……這麼說的。」

「什麼書？」馬克問道，並把先前爬滿蟲子的玉米穗踢得遠遠的。

「我的書……」史丹利神祕兮兮的回答，「魔法書。」

喔——喔！我想，史丹利不應該看那些魔法書的。就算沒有魔法書，他也已經是世界上最迷信的人了。

「你一直在看那些迷信的書嗎？」馬克一邊注視著爬了滿地的蟲，一邊問。

「是的，」史丹利熱切的點頭，「那是一本很好的書，告訴我很多事，而且書上說的都是眞的，全部都是眞的！」

他脫下帽子，搔了搔頭皮。

「我得去查查書，看看這些壞掉的玉米該怎麼辦？」

他越來越激動，忽然讓我覺得有點害怕。我從出生就認識史丹利了，他爲外公工作應該已經超過二十年了。他一直都很怪，不過我從沒看過他會爲了壞掉的

玉米穗這麼微不足道的事，顯得如此驚慌失措。

「你帶我們去看稻草人吧！」我說，希望能把玉米穗的事趕出他的腦子。

「是啊，帶我們去看嘛！」馬克也附和著說。

「好，去看那些稻草人。」史丹利點點頭，轉過身去，仍然一副心事重重的模樣，領著我們穿過高大的玉米叢。

當我們走過一排排的玉米桿時，玉米桿發出一陣陣啪啪聲和呻吟聲，聽起來十分詭異。

冷不防的，一道黑影籠罩住我，只見一具黑色稻草人在我們前面高高豎立著。它穿著一件破爛的黑外套，裡頭塞滿了稻草，身體兩側各伸出一隻硬梆梆的手臂。

這具稻草人很高，從上頭俯瞰著我，也看著整片玉米田。

它的頭是一個褪色的麻布袋，裡頭也塞滿稻草，麻布袋上用黑筆畫上粗粗的、惡魔般的眼睛，以及瘋狂而蹙眉的樣子，頭上還戴了頂破舊的帽子。

「這些稻草人都是你做的嗎？」我問史丹利，並看見玉米田上還豎立著好幾

具稻草人，它們都以同樣僵硬的姿勢站立著，臉部都不悅的蹙著眉頭。

「是我做的。」他仰起頭看著稻草人的臉，聲音低低的回道。「書上教我怎麼做的。」

「他們看起來挺嚇人的，」馬克緊靠著我說，還抓住稻草人的一隻手臂，搖了搖問道：「發生了什麼事啊？」

「稻草人會在午夜裡走來走去。」史丹利再次重複之前在火車站所說的話。

馬克想要和稻草人擊掌。

「那是什麼意思？」我問史丹利。

「書上教我怎麼做的……」史丹利凝視著麻布袋上黑筆畫出的臉孔說，「書上教我怎麼讓他們走路。」

「什麼？你說你讓稻草人走路？」我疑惑的說。

史丹利的黑眼珠注視著我。再一次，他露出一臉肅穆的表情。

「我知道怎麼做，書上有全部的咒語。」

我也注視著他，真的被他弄迷糊了。我不知道該說些什麼。

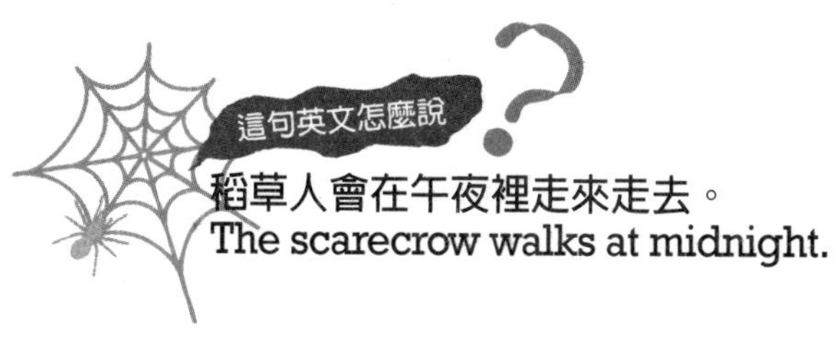

「我讓它們走路，裘蒂，」史丹利發出近乎耳語的聲音，輕輕說著，「我上個星期讓它們走路了，現在我是老大了。」

「什麼？稻……稻草人的老大？」我結結巴巴的問，「你是說……」

我停了下來，眼角瞥見其中一具稻草人的手臂動了！

我感覺有一根粗粗的稻草刷過我的臉……就在這時，一隻尖尖刺刺的稻草手臂往我的喉嚨伸過來。

4.

又尖又刺的稻草從黑外套的袖子裡伸出來，掐著我的脖子。

我發出一聲尖叫。

「它是活的！」我驚慌的大叫，整個人癱了下來，在地上爬行。

我轉過頭去，只見馬克和史丹利一臉鎮定的看著我。

難道他們沒看見那具稻草人想要掐死我嗎？

就在這時候，史丹利的兒子——阿棍從稻草人後面走了出來，臉上掛著幸災樂禍的笑容。

「阿棍，你這個變態！」我氣得大叫出聲，隨即明白一定是他在操縱稻草人的手臂。

「你們這些城裡的小孩眞好騙。」阿棍說著，臉上的笑意更深了。他伸手把我拉了起來，並以質問的口氣說：「妳眞以爲是稻草人動了，是不是？裘蒂。」

「我能讓稻草人走路。」史丹利把帽子拉得低低的，蓋住了前額。「我能讓它們走路，而且我也做了。書上都有寫。」

阿棍的笑容從臉上褪去，黑眼珠裡的光芒似乎也黯淡許多。

「是啊……是的，爸。」他喃喃說著。

阿棍十六歲，長得又高又瘦、手長腳長的，這就是爲什麼他被叫做「阿棍」的原因。

他總想表現出一副很厲害的樣子。他的黑色長髮垂到領口，但很少洗頭；身上的襯衫繃得很緊，露出了肌肉；牛仔褲髒兮兮的，膝蓋處都磨破了。此外，他常常露出一抹冷笑；黑眼珠望著你的時候，就彷彿在嘲笑你似的。

每次他叫我和馬克「城裡的小孩」時，總是露出一臉譏諷的表情，還經常對我們做一些愚蠢的惡作劇。我覺得他很嫉妒我和馬克，而且他和父親一起住在那間窄小的房子，在農場裡長大，一定很辛苦。

沉且史丹利根本不像個父親，倒是比較像個小孩。

「我看到你過來了。」馬克對阿棍說。

「多謝你警告我！」罵過馬克，我轉身生氣的對阿棍說：「我看你一點都沒變嘛！」

「我也很高興見到妳，裘蒂，」他仍然保持一貫嘲諷的態度，「城裡的小孩回來跟一群鄉巴佬住一個月囉！」

「阿棍，你到底是哪根筋不對了？」我氣憤的吼回去。

「小聲點，」史丹利喃喃說道，「妳知道的……玉米有耳朵。」

霎時，我們全死盯著史丹利看。

他是在說笑嗎？真不知道該怎麼回應他。

史丹利仍舊一副一本正經的神情，帽沿下的大眼睛緊緊盯著我。

「玉米都有耳朵，」他又說了一遍，「它們是田野裡的精靈。」

阿棍滿臉不悅的搖了搖頭說：「爸，你花太多時間在那本魔法書上了。」

「書上說的都是眞的。」史丹利再度強調，「全部都是眞的。」

阿棍踢著地上的泥土，抬眼看著我，顯得十分難過。

「這裡有很多事變得不一樣了。」他輕輕說道。

「什麼？」我聽不懂他說的話。「你是什麼意思？」

阿棍轉身看著他的父親，史丹利也瞇著眼睛回瞪阿棍。

阿棍聳聳肩，沒有回答我，只是抓住馬克的手臂捏了捏，對馬克說：「你的肌肉跟以前一樣鬆垮垮的。今天下午想踢足球嗎？」

「很熱耶！」馬克說著，並用手背拭去前額的汗珠。

阿棍又嘲弄似的笑了笑。「還是一樣沒用，嗯？」

「才不是咧！」馬克大聲抗議，「我剛說了……很熱，就是這樣。」

「嘿——你脖子後面有個東西。」阿棍對馬克說，「轉過去。」

馬克聽話的轉過身去。阿棍飛快的彎下腰，撿起地上那根爬滿蟲的玉米，把它塞進馬克的T恤裡。

當我看見寶貝弟弟一路放聲尖叫著跑回農舍，不禁也跟著哈哈大笑。

晚餐時，大家都很安靜。外婆做的炸雞還是像從前一樣好吃，而且就像她說的——玉米很甜。馬克和我將它淋上奶油，各吃了兩支。

我吃得很愉快，卻又覺得十分難過，因爲外公、外婆似乎變了個人似的。以前外公總是話匣子一開就沒完沒了，腦袋裡彷彿藏了幾百個附近農夫們鬧的笑話，還會編出許多新鮮笑話給我們聽。

今天晚上，他幾乎不發一語。

而外婆只是一直要我和馬克多吃一點，並一再的問我們是不是喜歡這兒。然而除此之外，她也顯得安靜許多。

他們兩個看起來都很緊張不安。

兩人不停的瞥視餐桌另一頭的史丹利，他正雙手握著玉米啃咬著，奶油從他的下巴滴落下來。

阿棍悶悶不樂的坐在他父親對面，看起來比平時更不友善。

史丹利是餐桌上唯一開心的人。他熱烈的大嚼炸雞，而且要了三盤馬鈴薯泥。

「你還好吧？史丹利。」外婆不停問著，還咬了咬上唇，「都還好嗎？」

史丹利打了個飽嗝，露出微笑回答：「不錯。」

爲什麼事情變得不一樣了？我不禁懷疑，難道只因爲外公、外婆變老了嗎？

晚餐過後，我們一起坐在寬敞舒適的客廳。外公坐在壁爐旁一張古董木製搖椅上輕輕搖動著。

天氣太熱了，我們當然沒生火，不過當外公搖著搖椅時，他注視著黝暗的壁爐，臉上露出若有所思的表情。

外婆面對著外公，坐在她最喜歡的一張椅子上。那是一張有著綠色厚椅墊的大扶手椅，她腿上放著一本沒有攤開的園藝雜誌。

而一整個晚上幾乎沒說上兩句話的阿棍卻不見人影了。史丹利靠在牆上，拿著一根牙籤剔著牙。

馬克整個人窩在一張綠色長沙發上，我則坐在這張沙發的另一頭，望著整個客廳。

「好噁哦，那頭製成標本的熊還是讓我毛骨悚然！」我大聲說。

客廳遠遠的一頭有隻巨大的熊標本，它大約有八呎高，以後腳站得直挺挺

的。那是多年前外公打獵時獵捕到的。熊的雙掌往前伸，好像隨時要撲過來似的。

「那是一隻食人熊。」外公搖著搖椅回想道，眼睛注視著那頭憤怒、齜牙咧嘴的野獸。「我射殺牠之前，牠已經咬傷兩個獵人了。我救了他們兩個人的命。」

我打了個寒顫，轉過頭去。而且我討厭死那頭熊了，眞不知道外婆爲什麼會讓外公把牠擺在客廳裡。

「外公，您講一個鬼故事給我們聽，好不好？」我問。

他回望著我，眼睛忽然變得空洞而幽暗。

「好耶！我們一直都好想聽外公講故事。」馬克也馬上附和。「您說那個衣櫃裡的無頭男孩的故事，好不好？」

「不要，說一個新的。」我興沖沖的央求道。

外公緩緩撫著下巴，目光越過客廳望著史丹利，緊張的清了清喉嚨。

「我有點累了，孩子們……」他輕聲說著，「我想我該上床睡覺了。」

「可是，您不說故事嗎？」我抗議道。

他還是兩眼無神的回望著我。

「我真的不會說故事。」他喃喃道，慢慢站了起來，走向房間。

這裡到底發生了什麼事？

我不禁自問。

到底是怎麼啦？

5.

那天夜裡稍晚一點，我回到樓上的臥房，換上長睡衣。臥室的窗戶敞開著，一陣陣微風不斷飄送進來。

一棵枝葉茂盛的蘋果樹在草坪上投下一片陰影，草地盡頭只見一望無際的玉米田沐浴在皎潔的月光下。潔白的月光照在高大的玉米桿上，散發出金色的光芒，一根根玉米桿在田野上投射長長的藍色陰影。

那幾具穿著黑色制服般的稻草人高踞在廣闊的田野上，長長的衣袖在風中飄飛著，蒼白的麻布袋臉孔彷彿在瞪視著我。

剎那間，一股寒意竄上我的背脊。

這麼多的稻草人……至少有一打，直挺挺的排成一排，像一隊士兵正要行

這句英文怎麼說

多麼荒誕的想法啊！
A crazy thought.

進一般。

「稻草人會在半夜裡走來走去。」

史丹利用我從來沒聽過的低沉、令人戰慄的聲音說著這句話。

我瞥了一眼床頭几上的時鐘——十點剛過。

我想，等它們起來走路的時候，我已經睡著了。

多麼荒誕的想法啊！

我打了個噴嚏。看來在這農場，我不但白天，就連晚上也會過敏哪！

我注視著那些稻草人投下的陰影。一陣風襲來，吹彎了玉米桿，那片陰影彷佛變成一波波黑色的海浪。

我看見那些稻草人抖動了起來。

「馬克！」我立刻放聲大叫，「馬克，你快來！快點！」

6.

我滿懷恐懼的望著月光下那些黑色稻草人動了起來。

它們揮舞著手臂，痲布袋頭向前傾。

所有的稻草人動作一致，它們猛力的揮動手臂，全身扭動掙扎著，像是要從木樁上掙脫一般。

「馬克，快來！」

我聽見一陣腳步聲快速奔過走廊。不久，馬克上氣不接下氣的跑進我的房間。

「裘蒂，怎麼了？」他大喊。

我驚慌的招招手，要他到窗邊來。

他一來到我身邊，我立刻指著玉米田說：「你看……那些稻草人！」

他抓住窗沿，整個身體探了出去。

我的視線越過他的肩膀望過去，只見那些稻草人一起扭動著。我打了個冷顫，雙臂環抱在胸前。

「那是風吹的。」馬克說著後退了一步。「妳有毛病啊？是風把它們吹得打轉罷了。」

「不是這樣的，馬克，」我仍緊緊擁住自己，「你再看一次。」

他翻翻白眼，嘆了一口氣，但還是探出窗外，注視著玉米田許久。

「你沒看見嗎？」我抖著聲音問。「它們全都在動，它們一起甩動手臂和頭……一起耶！」

馬克從窗外抽身、回過頭來，一雙湛藍的眼睛睜得大大的，滿佈恐懼的神色。他若有所思的盯著我，不發一語。

終於，他用力的吞了吞口水，沙啞著聲音、害怕的說：「我們得去叫外公來。」

我們一起衝下樓去，可是外公、外婆都睡了。他們的臥室門緊閉著，一片寂靜。

「只好等到明天早上再說了。」我悄聲說著，隨即和馬克躡手躡腳走回樓上。「明天早上應該就沒事了……」

我們各自回到房間。我關上窗戶，並且上了鎖，但窗外玉米田裡那些稻草人仍不停的在木樁上掙扎扭動著。

我又打了個寒顫，轉身離開窗邊，衝到床上去，拉起被子蓋住頭。

整個晚上我都睡得很不安穩，在厚重的棉被裡翻來覆去。到了早上，我急忙跳下床去，胡亂的梳了幾下頭髮，便衝下樓去吃早餐。

馬克跟在我後頭跑下樓梯。他身上仍穿著昨天那條牛仔褲，上衣換了一件紅黑相間的T恤；頭髮亂糟糟的，連梳也沒梳，後腦勺的頭髮都豎起來了。

「煎餅！」他終於喊出聲來。這麼一大清早的，馬克一次只能講一個字。

不過他這句話倒使我開心了起來，暫時將昨晚那些恐怖的稻草人拋到腦後。

更何況，我怎麼可能忘得了外婆做的巧克力碎片煎餅呢？那麼柔軟、入口即

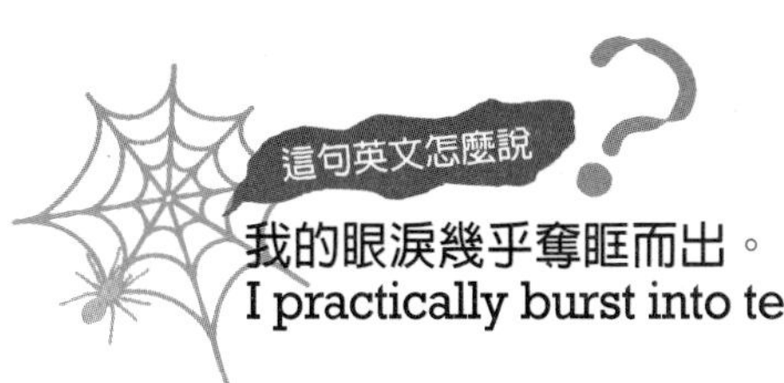

我的眼淚幾乎奪眶而出。
I practically burst into tears.

化，熱熱的巧克力加上甜甜的楓糖漿，這是我吃過最棒的早餐了。

當我們快步穿過客廳、走向廚房時，我不禁吸了吸鼻子，渴望聞到爐子上煎餅所飄散出來的美妙氣味。

可是我鼻塞太嚴重了，什麼也聞不出來。

馬克和我同時衝進廚房，外公和史丹利已經在餐桌邊就座，一壺熱騰騰的咖啡正在他們面前冒著煙。

史丹利啜了一口咖啡，外公的臉則埋在早報裡。當我和馬克走進去時，他抬起頭來看看我們，臉上露出微笑。

馬克和我在位子上坐定，就像電視裡的卡通人物一樣搓著雙手，迫不及待的等著夢想已久的煎餅端上桌來。

可是當外婆把一大碗玉米片放在我們面前時，你可以想像我們有多麼震驚了。

我的眼淚幾乎奪眶而出。我瞄了坐在對面的馬克一眼，他也回望著我，臉上盡是一副無法置信又失望透頂的表情。

「怎麼是玉米片？」他拉高嗓子問道。

外婆已經走回流理臺那邊。

我轉身看著她，怯怯的問：「外婆，沒有煎餅嗎？」

我看到她瞥了瞥史丹利。

「我已經不做煎餅了，裘蒂。」她回答，同時還看著史丹利。「吃煎餅很容易變胖。」

「再也沒有比玉米片更好的早餐了。」史丹利笑容滿面的說著。他伸手拿起放在餐桌中間的大碗，給自己舀了一大杓玉米片。

外公仍埋頭看著報紙，一邊發出不滿的咕噥聲。

「吃吧……免得待會兒變軟了。」外婆催促著。

馬克和我只是互望著。去年暑假，外婆幾乎每天早上都爲我們做一大塊煎餅呢！這裡到底發生什麼事了？

忽然間，我想起昨天在玉米田裡，阿棍曾小聲對我說：「這裡有很多事變得不一樣了。」

真的都不一樣了，而且變得不太好……我的胃傳來一陣咕嚕咕嚕聲，只好拿起湯匙吃了起來。馬克也悶悶不樂的舀著玉米片，我卻猛然想起那些扭動的稻草人。

「外公……昨天晚上，馬克和我看著外面的玉米田，我們看到那些稻草人……它們在動，我們……」

外婆在我身後發出一聲驚喘。

外公則放下手上的報紙，瞇起眼睛看著我，可是沒說一句話。

「那些稻草人在動！」馬克也附和道。

史丹利咯咯笑了起來。「那是風吹的，」他說，眼睛緊盯著外公。「一定是風把它們吹得亂轉。」

「你確定？」外公注視著史丹利，大聲問道。

「是啊……是風吹的。」史丹利緊張的回答。

「可是他們拚命掙扎著想從木樁上下來！」我高聲說著，「我們看到的！」

外公目不轉睛的瞪著史丹利。

史丹利的耳朵脹紅了，垂下眼皮說：「昨晚風很大……風一吹它們就會動。」

「今天會出太陽了。」外婆站在水槽邊愉快的說著。

「可是那些稻草人……」馬克還想說服他們。

「是啊，看起來天氣會很好。」外公喃喃說著，不理會馬克說的話。

剎那間，我明白了他根本不想談稻草人的事。

是因爲他不相信我們說的話嗎？

外公接著轉向史丹利說：「等你把牛群帶去牧草地之後，能不能請你帶裘蒂和馬克去溪邊釣釣魚？」

「好哇！」史丹利回答，並端詳著玉米片的盒子。「也許就這麼辦。」

「聽起來挺好玩的。」馬克說。

馬克喜歡釣魚，這是他最愛的戶外活動之一，因爲不必運動得太激烈。

牧草地再過去一點，也就是外公農場邊界的地方，有一條美麗的小溪，小溪後頭是一片茂密的樹林。在濃密的樹蔭下，清澈的溪水潺潺流著，溪裡頭有很多

魚兒。

「外婆，那您今天要做什麼？我能不能跟您在一起，我們……」我吃完玉米片，轉身問站在水槽邊的外婆。

當她轉過身，我看到她的手時，不禁驚愕得幾乎說不出話。

「噢……」

我發出一聲驚呼。

外婆的手……竟然是一捆稻草！

7.

「裘蒂，妳怎麼了？」外婆問。

我抬起手來，指著她的手。

再定睛一看，原來外婆的手不是稻草……而是拿了一把掃帚。

她握著掃帚柄，正在清除稻草尾端的細毛。

「沒、沒事。」我說，覺得自己像個大白癡。「我得去吃過敏藥了，我眼淚直流，一直眼花……」

我竟然將視線所及的事物都看成了稻草！

不禁暗罵自己神經過敏。

我告訴自己，別再想稻草人的事了。史丹利說的沒錯，昨晚是因爲風太大

她準備了我最喜歡吃的東西。
She put in all my favorites.

了，稻草人會動是因爲風吹的關係。

嗯，是風太大的緣故……

吃過早餐後，史丹利便帶我們去釣魚。

我們出發前往溪邊的路上，他看起來心情很好，一路晃著奶奶爲我們準備的午餐提籃，臉上始終掛著微笑。

「她準備了我最喜歡吃的東西。」史丹利開心的說。

他像個孩子似的，滿心歡喜的拍了拍提籃。

史丹利不讓我和馬克幫忙提任何東西，他左邊腋下夾著三根竹釣竿，右手還提了一個很大的稻草簍。

暖洋洋的空氣聞起來甜甜的，太陽高掛在萬里無雲的晴空中。我們走向後院，剛割過的青草葉片刮著我的白色高筒布鞋。

過敏藥似乎發揮藥效，我的眼睛覺得舒服多了。

我們走過穀倉之後，史丹利突然轉身，沿著穀倉後牆快步走著。他臉上的表

情變得很嚴肅，像是專注的在想某件事情。

「嘿……我們要去哪兒？」我一邊大聲問，一邊加快腳步跟上去。

他好像沒聽見我的問話，繼續邁開步伐，搖晃著手上的提籃大步走著，而且朝著我們出發的方向往回走。

「嘿……等等！」馬克氣喘吁吁的喊著，他最討厭像這樣趕路了。

「史丹利，等等！」我抓住他的袖子大喊。「我們在繞圈子哪！」

他點點頭，黑色棒球帽下的表情一本正經。

「我們得繞穀倉三圈。」他壓低嗓子說。

「什麼？爲什麼？」我大聲問。

我們開始繞第二圈了。

「這樣可以讓我們釣魚的時候運氣變好。」史丹利回答，「書上這麼寫的，書上什麼都有。」

我想告訴他這麼做實在太可笑了，可是想了想還是沒說。他似乎將那本魔法書敬若神旨，我不想破壞他那種崇敬的心情。

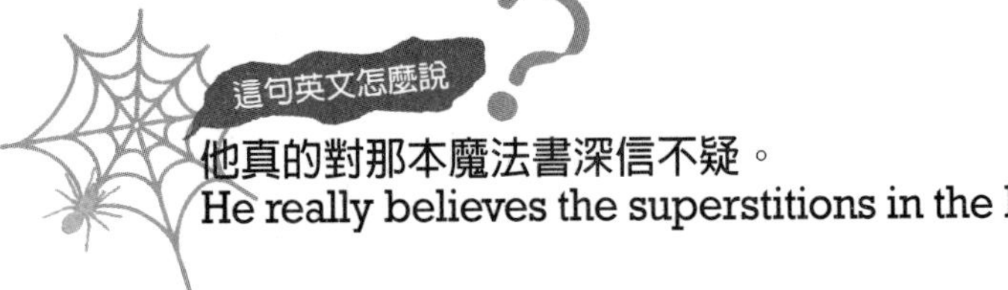

他真的對那本魔法書深信不疑。
He really believes the superstitions in the book.

何況，馬克和我也可以趁機運動一下。

過了一會兒，我們繞完穀倉三圈，沿著小路，往通向小溪的玉米田走去。史丹利的臉上立刻恢復了笑容。

我發現他眞的對那本魔法書深信不疑。

阿棍呢？他是不是也相信那本書上所說的？

我不禁想著。

「阿棍呢？」我問，一邊踢起路上的大石塊。

「他正在做一些雜活。」史丹利說，「他是個很好的工人，眞的很好。我打賭他應該很快就會趕過來找我們的，他最喜歡釣魚了。」

炙熱的陽光照在臉和肩膀上，一片滾燙，我猶豫著是不是要跑回屋裡去擦點防曬油。

當我們走過一排排的玉米桿時，我感覺那些穿著黑衣服的稻草人全瞪視著我。我敢發誓當我經過時，它們蒼白臉孔上的目光也追隨著我。

是不是有稻草人正舉起一隻手臂對我揮揮手呢？

我暗罵自己太荒謬了，並將視線移開。

我再次告訴自己：別再想那些稻草人的事了。

忘了那個噩夢，忘了那些愚蠢的稻草人吧！

今天天氣如此美好，沒有什麼事好擔心的。

放鬆心情，好好玩吧！

沿著這條小路，通過玉米田之後，就是一片高大的松樹林。只要走到林子裡，就會涼爽多了。

「剩下來這段路，我們可以坐計程車去嗎？」馬克抱怨著。

這是典型的馬克式笑話。如果這裡有計程車的話，他可是眞的會招手哦！

史丹利搖了搖頭，咧嘴笑說：「城市小孩。」

到了小路盡頭，我們繼續往前走，穿過林子，林間充滿了松樹的香氣，空氣清新無比，一隻棕白相間的小花栗鼠竄進了中空的樹幹裡。

不一會兒，我聽見淙淙的溪水聲自不遠處傳來。

冷不防的，史丹利停下腳步，彎下腰來撿起一顆松果。

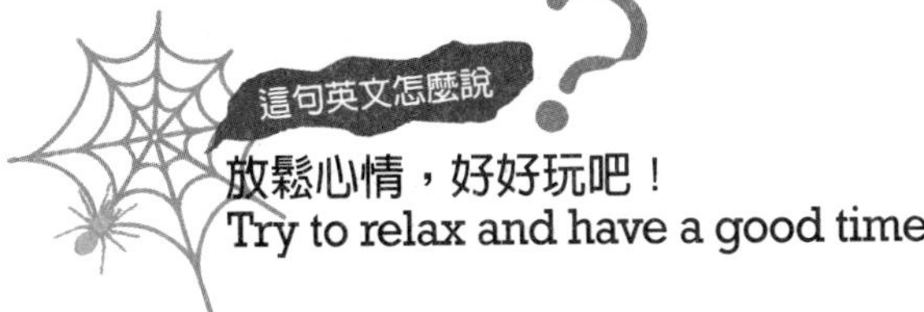

他腋下的三根釣竿掉到地上，但他似乎完全沒留意，只是把松果拿到眼前仔細研究著。

「松果掉到樹蔭那一邊，表示今年的冬天很漫長。」他說，並轉動著手裡的松果。

馬克和我彎腰撿起釣竿。

「這也是書上說的嗎？」馬克問。

史丹利點點頭，他小心翼翼的把松果放回原來發現的地方。

「松果還很潮濕，這是好兆頭。」他正色說道。

馬克發出一聲輕笑。

我知道他很小心不讓史丹利有被嘲笑的感覺，但他終究忍不住笑了出來。

果然，史丹利的大眼睛裡露出受傷的神色。

「這都是眞的，馬克。」他平靜的說，「都是千眞萬確的。」

「我……我很想讀那本書。」馬克說著，瞥了我一眼。

「那是一本很難的書。」史丹利回答，「有些字我不懂是什麼意思。」

「我聽見水聲了。」我插嘴打斷他們，改變話題。「我們走吧！我想在午餐前釣到幾條魚。」

清澈冰涼的溪水淹過腳踝，光腳踩在溪底光滑的石頭上，感覺滑溜溜的。

我們走進淺淺的溪水裡，馬克原本想要躺在溪邊的草地上釣魚，不過我慫恿他站在水裡會比較好玩，而且也比較容易抓到魚。

「是喔，我會抓到什麼？」他捲起褲管嘟囔著。「我會抓到肺炎啦！」

史丹利放聲大笑，聽起來像是「霍！霍！霍！」的聲音。

他小心的把野餐提籃放在乾燥的草地上之後，捲起連身褲的褲管，一隻手高高舉著釣竿，走進水裡。

「噢！好冰！」他大叫，兩手在頭頂上揮著，差點就因腳下的石頭而滑倒。

「史丹利，你是不是忘記什麼了？」我向他高喊。

他轉過身來，露出一臉疑惑的表情，兩隻耳朵慢慢脹紅了。

「我忘了什麼啦？裘蒂。」

我指了指釣竿，喊道：「我們要不要用餌？」

他瞥了一眼魚線尾端光禿禿的魚鉤，便往回走到溪邊，挖了一條蚯蚓掛在魚鉤上。

幾分鐘後，我們三個都站在水裡了。

一開始，馬克一直不停的抱怨，說水有多冰，腳底的石頭有多難踩，把他細皮嫩肉的腳給弄傷了。

可是過了一會兒，他就適應了。

溪水大概只有兩呎深，而且非常清澈，以極快的速度流淌著，在溪底的某些地方形成小小的漩渦和凹陷。

我把魚線拋進溪裡，凝視著露出水面的紅色塑膠浮標。只要浮標往下沉，就表示有魚上鉤了。

陽光灑在臉上暖洋洋的，冰涼的溪水在腳下不停流動著。

要是這兒的水再深一點，就可以游泳了。

「嘿，我好像釣到什麼了！」馬克興奮的高喊。

史丹利和我轉過身去，看著馬克拉緊釣竿。

他一邊奮力拉著，一邊說：「好像很大一條哦！」

終於，他使出吃奶的力氣，猛力一拉——結果拉出一大把水草。

「真的好大一條喔！馬克。」我翻了翻白眼，「嗯，的確很大。」

「妳才很大咧！」馬克吼了回來，「大白癡！」

「別那麼幼稚了……」我咕噥著。

我揮揮手，趕走一隻嗡嗡叫的馬蠅，想將心思收回來專心釣魚，腦子裡卻轉著一些亂七八糟的念頭。每次我釣魚的時候，就是這副德行。

我發現自己在想玉米田上那些高大的稻草人，它們站著的樣子多陰沉、多戒慎、多瘋狂。它們臉部畫上去的五官，全都兇惡的瞪視著。

正當我在腦海裡胡亂想像著它們的模樣之際，一隻手抓住我的腳踝。

那是一隻稻草人的手！

它從水裡伸出來，圈住我的腳踝，用它冰冷潮濕的手緊緊箍住了我的腳。

8.

我放聲尖叫，極力想踢開那隻手，卻不小心在石頭上一滑，雙手高舉過頭，整個人往後倒下。

「噢——！」我掉到水裡，忍不住又大叫一聲。

那具稻草人緊緊纏住我，溪水不斷沖刷著我的背，我雙腳不停的踢著，雙手猛揮不已。

突然，我看到一大把水草纏在我的腳踝上。

「噢，不！」我氣得大吼。

不是稻草人，只是水草……我把腳縮回水裡，一動也不動的躺著，等待心跳慢慢平緩下來，再一次覺得自己是個不折不扣的大笨蛋。

我抬眼看了看馬克和史丹利，他們垂著眼睛瞪著我——因爲太驚訝了，以至於笑不出來。

「不准笑！」我一邊警告他們，雙腳一邊掙脫著。「我警告你們，不准取笑我。」

馬克竊笑著，不過他很聽話，沒開口鬧我。

「我沒帶大浴巾來。」史丹利關心的說著。「我很抱歉，裘蒂，我不知道妳想游泳。」

馬克一聽，忍不住放聲狂笑。

我瞪著馬克，要他別太放肆。我全身上下、T恤和短褲都濕透了。我爬起來走向溪邊，百無聊賴的把釣竿拿在前面。

「我不需要浴巾。」我對史丹利說，「這樣很好，很涼快。」

「妳把所有的魚都嚇跑了，裘蒂。」馬克碎碎念著。

「才怪，是你那張臉把魚都嚇跑了！」

我知道這麼說很幼稚，可是我不在乎，因爲此刻的我又冷、又濕、又生氣。

我在溪邊重重的跺步，奮力將頭髮上的水甩掉。

「我想，我們再走下去一點比較容易釣到。」史丹利對馬克喊著。

我轉身一看，只見他消失在溪流的轉彎處。

馬克小心翼翼的踩著水底的岩石，緊跟著史丹利，直到兩人的身影被濃密的樹林擋住了。

我拚命擰著頭髮，想把頭髮擰乾。最後，我放棄了，直接把頭髮甩到肩後。

就在我想著接下來該怎麼辦時，樹林裡猛然傳來一陣霹啪作響的聲音。

是腳步聲嗎？

我轉身注視著那片林子，卻沒看見半個人影，只有一隻小花栗鼠慌張的竄過滿地枯葉的小徑。

是有人……還是什麼東西嚇到牠了嗎？

我凝神傾聽。又是一陣霹霹啪啪的腳步聲，好像有什麼東西在沙沙作響。

「誰……誰在那裡？」我高聲問道。

低矮的灌木叢又發出沙沙的聲響。

「阿棍……是你嗎？阿棍？」我顫聲詢問著。

四周一片死寂，沒有回答。

一定是阿棍。

我對自己這麼說。

這裡是外公的私人用地，沒有人會進來這裡。

「阿棍……不准你再嚇唬我了！」我生氣的吼著。

但依然沒有任何回答。

下一秒鐘，又是一陣腳步聲，以及細樹枝碎裂的聲音。

緊接著，更多沙沙作響的聲音傳來，而且越來越近了……

「阿棍……我知道是你！」我有點遲疑的喊著。「我真的受夠你這些愚蠢的把戲了，阿棍！」

我直直瞪視著眼前的樹林，屏氣凝神的聽著，周遭仍是一片寂靜，沉重的寂靜。

當我看到那黑暗的身形從兩棵高大的松樹陰影中現身時，不禁抬起雙手遮住

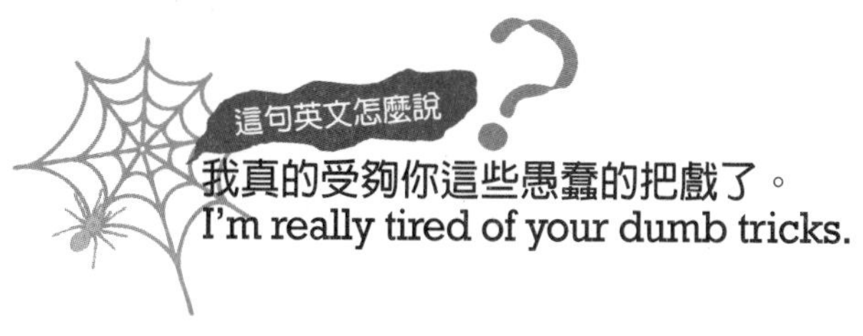

嘴巴。

「阿棍？」

我瞇起眼睛看著那道深藍色的身影——那破破爛爛的黑外套，褪色的麻布袋臉龐，還有那頂淺頂軟呢男帽，歪歪斜斜的遮住那雙畫上去的黑眼睛。

我看見稻草從外套裡凸出來，從外套的長袖子裡凸了出來！

一具稻草人……是一具稻草人跟著我們嗎？

它跟著我們來到溪邊？

我用力瞇起眼睛，望著那道陰影，瞪著它那邪惡而冷酷的猙獰笑容，張開嘴巴想要大聲尖叫……可是卻發不出一絲聲音來。

9.

突然，一隻手抓住我的肩膀。

「噢！」我終於叫出聲來，並本能的轉過身去。

只見史丹利一臉關心的凝視著我，他和馬克就站在我身後。

「裘蒂，怎麼了？」史丹利問，「馬克和我……我們好像聽到妳在叫什麼。」

「怎麼回事？」馬克一副若無其事的樣子問道，他釣竿上的線纏住了，正想辦法解開來。

「妳是不是看到松鼠之類的小動物啦？」

「不是，我……我……」我的心跳得太厲害了，一時間說不出話來。

「冷靜一點，裘蒂。」馬克學我的樣子說。

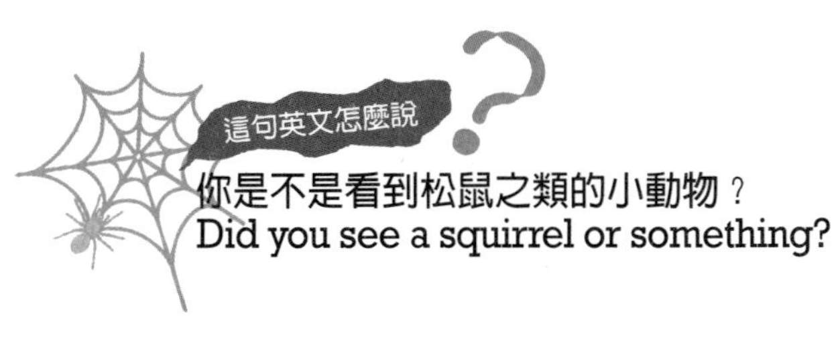

「我看到一具稻草人！」我好不容易呼喊出聲。

史丹利頓時張大了嘴。

馬克瞇著眼睛，懷疑的看著我說：「一具稻草人？在這個林子裡？」

「它……它在走路，」我喃喃說著，「我聽到了，我聽見它在走路的聲音。」

史丹利發出一聲驚喘。

馬克依舊瞪視著我，露出害怕的神情。

「它就在那邊！」我大叫著，「就在那兒！你們看！」

我伸手指向林子，可是它已經不見了……

10.

史丹利緊盯著我，棕色眼眸裡充滿了疑惑。

「我看見它了。」我堅定的說，並伸手指了指。「就在那兩棵松樹之間。」

「妳真的看見一具稻草人？是真的嗎？」史丹利問，他看起來真的嚇到了。

「嗯……也許那只是影子。」

我不想嚇壞史丹利，但卻渾身發抖。

「我濕透了，得趕緊回到陽光下。」

「妳真的看到了嗎？」史丹利問，依然緊盯著我看。「妳看到一具稻草人在這兒，是不是？」

「也許……也許不是，史丹利……」我想要讓他冷靜下來。「對不起。」

「這下糟了！」他喃喃自語著，「這下糟了，我得去看看書上怎麼寫的。這下糟了……」

史丹利不停低聲說著，接著轉身跑走了。

「史丹利，別跑！回來啊！別把我們丟在這兒！」我大喊道。

然而他已經不見人影，消失在那片樹林裡了。

「我去追他，」我對馬克說，「我會跟外公說這件事，你可以自己一個人把這些釣竿拿回去嗎？」

「一定要我拿嗎？」馬克發出一聲哀號。

唉！這個弟弟實在太懶了！但我交代他一定得照我的話做之後，便沿著小徑穿過樹林，跑向農舍。

我跑到了玉米田，心臟怦怦狂跳著。那些穿黑外套的稻草人全都盯著我不放，我一邊奔過狹窄的小徑，一邊想像那一隻隻稻草手臂正對著我伸過來，想抓住我，把我拉進玉米田。

然而，那些稻草人只是靜靜的、動也不動的高高聳立在玉米田上。當我匆

匆跑過時，它們只是木然的豎立著。

我看見史丹利跑向他的小房子，我把手圈在嘴邊呼喊他，可是他已經跑進屋裡了。

我決定跑去找外公，告訴他我在林子裡看見稻草人的事。

穀倉的門開著，我以爲自己看見裡頭有人影在移動。

「外公？」我上氣不接下氣的叫著。「你在裡面嗎？」

我跑進穀倉，滿頭濕髮不斷拍打著肩膀。我站在從走廊照射進去的一塊長方形燈影下，凝望著黑漆漆的室內。

「外公？」我高喊，並止不住的喘著氣。

終於，我的眼睛適應了微弱的光線，又向前走了幾步。

「外公，你在這裡嗎？」

遠處的牆壁突然傳來一個細弱的刮擦聲，我朝向那裡走過去。

「外公……我有事要跟你說。我眞的得跟你說一件事！」我的說話聲在空曠又黑暗的大穀倉裡，顯得微弱而充滿恐懼，我踩著乾稻草向穀倉後頭走去。

忽然間，背後傳來一陣咿呀聲，我本能的轉過身去。

穀倉裡頓時變得更昏暗了。

「喂……」

我大叫一聲，可是太遲了，穀倉門慢慢的拉上了。

「喂……是誰？」我不禁氣得大吼：「住手！」

我往正要關上的大門衝過去，不料腳底一滑，整個人重重摔在地上。我顧不得痛，飛快的爬了起來。

我繼續往大門那邊衝，但動作還是不夠快。

厚重的大門關上的同時，原本那塊長方形光線也越來越細，終至整個消失。

大門「碰」的一聲，緊緊關上了。

我陷在一片黑暗裡，四周無止境的黑暗逐漸淹沒了我。

「嘿……讓我出去！」我尖聲叫著，「讓我出去啊！」

一聲聲的尖叫到最後變成了嗚咽，我又慌又急，大口大口的喘著氣。

我掄起雙拳，不停拍打穀倉的木頭大門，又摸索著門板，慌亂的想找到門栓

或開關。

可是門板上什麼也沒有，我又死命的拍打大門，拍得雙手疼痛不已。

我停住手，往後退了幾步。

裘蒂，冷靜點！

我告訴自己。

妳得冷靜！妳會找到方法出去，不會永遠被困在這裡的。

我告訴自己不要慌，放慢呼吸的速度，讓心跳穩定下來。不一會兒，我發現自己的呼吸放慢下來，整個人也漸漸平靜下來。

正當我覺得自己稍稍冷靜下來之際，我聽見一個刮擦聲。

是鞋子踩在乾稻草上的刷刷聲響。

「噢！」我驚叫一聲，伸手捂住臉龐傾聽著。

沙沙、沙沙、沙沙……

那是腳步聲，堅定而緩慢的腳步，輕輕的踩在穀倉地板上。

黑暗中，那腳步聲一步一步的朝我而來……

11.

「是誰？誰在那兒？」

我的聲音卡住了，只能發出急促的喘息聲。

沒有人回答。

沙沙、沙沙、沙沙……

輕悄的腳步聲越來越靠近。

「是誰？」我顫聲問著。

還是沒有任何回應。

我凝視著漆黑的四周，什麼也看不見。

沙沙、沙沙……

不知道是誰……或是什麼東西正緩緩的靠近我。

我後退一步，再後退一步。

恐懼的情緒讓我想要大叫出聲，但是喉嚨卡住了，根本叫不出聲音來。

就在我往後退時，後背突然撞到了一個東西，我不禁發出一聲驚喘。

我嚇得手腳發軟，過了幾秒鐘，才發現自己只是撞上一座木梯。這座木梯是用來爬上二樓的乾草堆置場。

腳步聲持續逼近，越來越近……

「求求你……」我勉強擠出一絲微弱的哀求。「求求你……不要……」

聲音越來越近，越來越近……沙沙聲穿過全然的黑暗，不斷的向我逼近。

等我意識過來，竟發現自己爬上了木梯。我的雙手抖個不停，雙腳像灌了鉛般的沉重。

然而我還是踉踉蹌蹌、一級一級的爬上頂棚，想要遠離底下那陣令人恐懼不安的腳步聲。

終於，我爬到了頂棚，整個人翻倒躺臥在地板上。我聽著自己急促的心跳聲，

想要分辨腳步聲的去向。

他追上來了嗎？

他追著我爬上木梯了嗎？

我屏住氣息，努力傾聽著。

又是一陣刮擦聲，還有沙沙作響的腳步聲。

「走開！」我驚慌得尖聲大叫。「不管你是誰，都給我走開！」

但腳步聲繼續響著，並發出刺耳的刮擦聲，像是稻草摩擦著稻草一般。

我爬了起來，跪在地上，轉身面對四方形的小窗子。

陽光自窗戶灑了進來，照在地板上的乾草堆，把一根根稻草照耀得閃閃發亮，就像細長的黃金似的。

我的心還是怦怦直跳，勉強爬到了窗戶邊。

太好了！那條粗繩子仍然綁在窗戶旁，以前馬克和我總是利用那條繩子盪到地上。

我得救了！

我高興的對自己說。

我可以抓住那條繩子從頂棚盪出去……我能夠逃出去了！

我迫不及待的抓住繩子，探出窗外看著地上，卻忍不住發出一聲驚懼的尖叫——

12.

只見穀倉外面有一頂黑帽子，黑帽子底下則是一件黑外套。一具稻草人直挺挺的立在穀倉門口，彷彿在站衛兵似的。

聽到我的尖叫聲，它猛然一陣抽搐。

我不敢置信的看著它在穀倉邊打轉。它拖著稻草腳，蹣跚的向前走，雙臂在腰際不停的拍動。

我眨了好幾次眼睛，不敢相信自己所看到的景象。

是我眼花了嗎？

我的雙手又冷又濕，緊緊抓住繩子，再深深的吸了一口氣，從小窗子跳了出去。

繩子盪到穀倉前的上方，接著下降、下降，我終於碰到地面，站穩了腳。

「噢！」粗繩子割傷了我的雙手，痛得我大叫出聲。

我放開繩子，沿著穀倉邊跑去，想追上那具稻草人，弄清楚那是否真的是一具稻草人——一具會跑的稻草人。

我顧不得害怕，拚命追趕著。可是穀倉邊不見任何人影，我的胸部痛了起來，太陽穴劇烈的跳動著。

我彎過轉角，朝穀倉後頭跑去，繼續尋找那具逃走的稻草人。

但冷不防的，我撞上了阿棍。

「嘿……」我們不約而同發出一聲驚呼。

我慌慌張張後退了幾步，梭巡著他的身後，但那具稻草人早已不見蹤影。

「妳急急忙忙的要做什麼？」阿棍大聲說著，「差點就從我身上碾過去！」

他穿著褪色的牛仔褲，兩處膝蓋上破了個大洞，上身是一件褪色的緊身衫，穿在他身上顯得更加瘦削。

他的黑長髮在腦後紮成一束短短的馬尾。

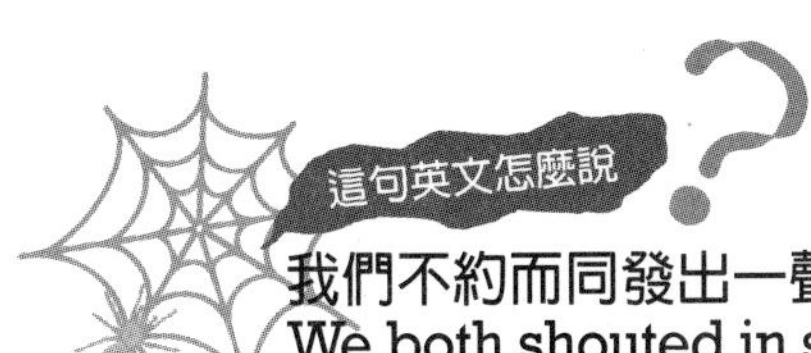

我們不約而同發出一聲驚呼。
We both shouted in surprise as we collided.

「一具……一具稻草人！」我結結巴巴的說著。

但就在這一瞬間，我忽然都明白了。

剎那間，我解開了所有關於稻草人的謎。

13.

我想，我看到的根本不是稻草人，而是阿棍！

溪邊的樹林裡，還有剛才穀倉旁的那個人，都是阿棍。

是他，他又在玩那些戲弄人的惡毒把戲了。

而且我恍然大悟——原來昨天晚上，那些稻草人會在木樁上亂扭亂動，一定都是阿棍動的手腳。

阿棍喜歡捉弄「城裡的小孩」，打從馬克和我還很小很小的時候起，他就老是設計一些既恐怖又惡毒的惡作劇來捉弄我們了。

儘管有時候他對我們還不錯，但這個人天生就有點殘酷、喜好捉弄人。

「我以爲妳在釣魚呢。」他若無其事的說。

「沒有，我沒在釣魚。」我生氣的說，「阿棍，你爲什麼老是這樣一直嚇唬我們？」

「什麼？」他裝出一副聽不懂我說什麼的樣子。

「你少來了，阿棍，」我氣憤的說著，「我知道剛剛那個稻草人就是你，我又不是笨蛋！」

「稻草人？什麼稻草人？」他睜大眼睛，一臉無辜的表情。

「你打扮成稻草人的樣子，要不然就是拿了一具稻草人，用線操控它之類的。」

「妳簡直就是瘋了！」阿棍怒聲回道，「是不是太陽曬太久昏了頭啊？」

「阿棍，別再裝了，你爲什麼要這麼做？爲什麼你一直在嚇唬我和馬克？你也嚇到你爸了。」

「裘蒂，妳眞的瘋了，」他大聲辯解道，「我才沒空打扮成什麼東西來取悅妳和妳弟咧！」

「阿棍……你別再唬弄我了，」我窮追不捨的說，「你……」

當我留意到阿棍臉上的表情時，猛然住嘴。

「我爸？」他忽然很害怕的問道，「妳說他也被嚇到了？」

我點點頭。

「我得去找他！」阿棍驚慌的說著，「他……他會做出一些很可怕的事來！」

「阿棍，你這玩笑也開得太離譜了吧！」我再次大喊：「你就別再鬧了！」

不過他已經跑向穀倉前面，並顫抖著聲音高喊著他的爸爸，聲音中充滿了驚懼。

一直到晚餐時間，阿棍才找到他父親。而我也是直到這個時候才看見史丹利，他把那本魔法書緊緊的夾在腋下。

「裘蒂。」他輕聲叫我，揮手示意我靠到他身邊。他的臉脹紅了，黑眼珠閃爍著興奮的光芒。

「嗨，史丹利。」我遲疑著輕聲回答。

「妳別跟妳外公說稻草人的事。」他壓低聲音說。

「什麼？」我被史丹利的話問住了。

「別跟妳外公說，」史丹利又說了一遍，「說了只會讓他難過而已。妳不想嚇壞他吧？裘蒂。」

「可是，史丹利……」我想要反駁。

史丹利舉起一根手指放在唇上，示意我不要再說了。「不要說，裘蒂，妳外公不喜歡聽到這些煩人的事。我會處理稻草人的事，我有這本書。」他指了指那本大書。

我正要告訴史丹利那個稻草人是阿棍假扮的，是他想嚇唬我們，可是還來不及開口，外婆就叫我們上桌吃飯了。

史丹利把那本魔法書帶到餐桌上，吃了幾口東西後，便拿起那本黑色封面的大書讀了起來。

他一邊看，一邊小聲念著。不過由於我坐在餐桌的另一頭，聽不清楚他到底念了些什麼。

阿棍只是悶著頭吃，一句話也沒說。我覺得他是因爲他爸爸在餐桌上讀那本書，而感到很難爲情。

可是外公和外婆絲毫沒有表現出訝異的樣子，他們只是開心的和我及馬克聊著天，不停的把餐盤遞給我們，要我們多吃一點。他們看起來似乎完全沒留意到史丹利的詭異舉止。

我很想跟外公說，阿棍是如何無所不用其極的捉弄我和馬克，但最後還是決定聽從史丹利的話，不要讓外公心煩。

何況，如果有必要的話，我能夠自己跟阿棍攤牌。哼！他以爲自己很厲害，但是我才不怕他呢！

一直到外婆動手收拾碗盤，史丹利仍然讀著那本書，口中唸唸有詞。

我和馬克一起幫忙整理餐桌後，奶奶端了一個櫻桃派出來，我們又坐回餐桌享用甜點。

「這太詭異了。」馬克盯著那個派，輕聲對我說。

他說的沒錯。

「外公不是喜歡吃蘋果派嗎？」我脫口而出。

如果有必要的話，我能夠自己跟阿棍攤牌。
I could deal with Sticks if I had to.

奶奶則露出一個不自然的微笑。

「今年蘋果還沒採收。」她喃喃說著。

「可是外公不是對櫻桃過敏嗎？」馬克又問。

外婆拿了一把銀製切刀，開始分派。

「大家都喜歡吃櫻桃派。」她說著，專心的切起派來。然後又抬眼看了看史丹利，說：「你說是不是？史丹利。」

史丹利抬起頭來，露齒而笑。

「我最喜歡櫻桃派了，」他說，「瑪蓮外婆每次都做我最喜歡的給我吃。」

晚餐後，外公又拒絕了我和馬克的要求，不肯說恐怖故事給我們聽。

我們圍坐在火爐邊，看著橙黃色的火焰跳動著，柴火發出霹啪聲。

儘管白天時天氣那麼炎熱，一到晚上氣溫便越來越低，冷到得生火來取暖。

外公坐在火爐邊的搖椅上，當他緩緩的來回搖動時，古老的木椅便會發出嘎吱聲。

以前外公最喜歡一邊看著火焰，一邊說恐怖故事給我們聽。我們津津有味的聽著，看著火光在他的藍眼睛裡閃動；他說到越恐怖的地方，聲音就越來越低沉。

可是今天晚上，我們要求外公講故事時，他卻聳了聳肩。

他茫然的注視著靠牆那頭巨大的熊標本，一會兒又轉移目光看著房間另一頭的史丹利。

「眞希望我有些新故事可說。」外公嘆了口氣回答，「可是我已經腦袋空空了。」

過了一會兒，我和馬克拖著腳步回到樓上房間。

我們爬樓梯時，馬克問道：「外公是怎麼了？」

我搖搖頭。

「我也想不通是怎麼一回事。」

「他好像變得……不一樣了。」馬克說。

「這裡的每個人都是。」我同意他說的，「除了阿棍以外，他還是死性不改

的嚇唬我們這些城市小孩。」

「我們別理他了。」馬克說，「就假裝根本沒看到他假扮成稻草人到處跑來跑去的。」

我同意，並向馬克道聲晚安，然後走進自己的房間。

我一邊整理床上的毛毯，一邊想著別理會那些稻草人。

只要不理它們就沒事了。

我對自己說，別再想那些稻草人的事了。

一定是阿棍跳進溪裡去的。

我爬上床，把被子拉到下巴處。

躺在床上，我注視著天花板上的裂痕，想像那些紋路形成什麼圖案。牆上有三個鋸齒狀的裂紋，我覺得它們像三個電燈泡。

如果我把它們扭一扭，它們就會變成一個蓄著大鬍子的老人。

我打了個大呵欠，覺得很睏，可是卻怎麼也睡不著。

抵達農場不過第二天而已，我得花點時間才能適應新環境和新的床鋪。

我閉上眼睛，窗外遠處的穀倉那邊傳來牛群低低的哞叫聲，還有風吹過高大玉米桿所發出的低語聲。

我的鼻子整個塞住了。

今天晚上我一定會打鼾吧！

打就打吧，只要我能睡著的話……

我開始數羊，但似乎沒什麼效果。於是又開始數牛，巨大的、笨重的、跳躍的，慢慢哞哞叫的牛。

我數到了一百零二頭，終於還是判定無效而放棄了。

我翻身側躺。過了幾分鐘，又翻到另外一邊側躺著。

突然，我想起好友夏娜，不知道她去露營好不好玩。也想起了其他幾個朋友，他們大多數都沒有安排什麼暑假活動，只是在家閒晃。

我看了一眼時鐘。

竟然已經快十二點了，我得趕快睡覺。

我對自己說，如果現在不睡幾個鐘頭，明天恐怕撐不了。

於是我又恢復平躺的姿勢，把被子輕輕拉到了下巴，閉上眼睛，什麼也不想，讓腦袋空空的，只是一片漆黑，一片無止盡的黑暗。

等我清醒過來時，猛然聽到一陣刮擦聲。

一開始我沒怎麼在意，以爲是窗簾拍打著敞開的窗戶。

趕快睡吧！

我催促自己趕緊入睡。

但是刮擦聲越來越響，而且更靠近了。

我又聽到一陣沙沙聲。

是從窗外傳進來的嗎？

我張開眼睛，看見一道黑影在天花板上跳動，不禁屏住氣息。

我豎起耳朵仔細聽著。

又是一陣沙沙聲和幾聲刺耳的刮擦聲，緊接著，一聲低沉的咕噥聲響起。

「呃？」我不禁倒吸了一口氣。

我坐起身來，背部抵住床頭櫃隔板，並將被子拉到下巴，雙手緊緊抓住被子。

只聽見更多的沙沙聲響，像是有人在刮沙紙。

忽然房間變得更暗了，我看見有個東西從窗外撐起來，一道黑色身形擋住了月光。

「誰？是誰？」我想要大叫，卻只能吐出一聲咕噥。

我看到黑影的頭部出現在紫色的天空中。

它從窗戶升了上來，先是暗暗的肩膀，接著是更黝暗的胸部，黑漆漆的一團。

那個沉默的陰影，正要溜進我的房間。

我感覺自己的心臟就要停了，幾乎無法呼吸，喘不過氣來。

它從窗沿溜了進來，推開窗簾，放低身子進到房間。

它的雙腳刮擦著地板，發出沙沙的聲音，一步一步緩緩移動，朝我而來。

我掙扎著想要爬起來，但是太遲了！

我的腳給被子絆了一下，整個人跌下床去，兩隻手肘重重的撞到地板上。

我抬眼望去，只見它離我越來越近……就在它從黑影中現身時，我嚇得發

出一聲尖叫。

我終於看清楚了，我看到對方的臉——

「外公！」我高聲喊道，「外公……你在這兒做什麼？為什麼你要從窗戶爬進來？」

他沒有回答，藍眼珠冷冷的瞪視著我，皺著眉頭，露出兇惡的神情。

他在我頭頂上方舉起雙臂。我看見他並沒有手，只有一束稻草從他外套的袖子伸了出來。

只有稻草……

「不！外公……」我再度發出尖叫。

14.

「外公，求求你……不要——！」

當他以稻草手臂伸向我時，我不禁哀號出聲。

他像一頭憤怒的惡犬般對我齜牙咧嘴，並發出一聲尖銳而恐怖的咆哮。兩隻稻草手臂直直伸向我。

外公的臉並沒有改變，那正是我長久以來熟知的，只是他的眼神竟如此森冷、殘酷而沒有生氣。

我勉強站了起來，稻草手臂刮過我的臉，我倒退一步，舉起雙手擋在胸前。

「外公，你怎麼了？到底是怎麼回事？」我輕聲問著。

我的太陽穴怦怦直跳，全身顫抖個不停。

他朝著我走過來，眼睛邪惡的瞇成一條線。

「不！」我發出一陣恐懼的哀號，轉身跌跌撞撞的跑向門邊。

他拖著雙腳，刮擦著地板緊追不捨。我瞥了一眼，只見一束稻草從他褲子裡穿透出來。

他的雙腳也都是稻草。

「外公！外公！這到底是怎麼一回事？」說話聲既害怕又驚愕，我幾乎聽不出是自己的聲音了。

他揮動一隻手臂，我感覺有幾根稻草掃過背後。

我握住門把，打開了房門。

當我撞上外婆時，不禁又放聲尖叫。

「噢，救救我！外婆，求妳救我！他在追我！」

她的表情並沒有任何變化，只是回瞪著我。

走廊的燈光昏暗，我好不容易才看清楚眼前的景物——

外婆臉上的眼鏡是畫上去的，她的眼睛、嘴巴、又大又圓的鼻子，所有五官都是畫上去的！

「妳不是我外婆！」我大叫道。

忽然，外公的稻草手臂圍住我的臉，眼前的一切頓時陷入一片黑暗……

15.

我被自己的一陣咳嗽聲給驚醒。四周一片漆黑，伸手不見五指。

過了好一會兒，我才發現自己睡著的時候被枕頭蓋住了整張臉。

我把枕頭拋到床底下，掙扎著坐起身來，大口大口的喘著氣。我的臉好熱，睡衣背部整個濕透了。

我瞄了一眼窗戶，生怕會有個黑黝黝的東西爬進來。

窗簾輕輕的飄飛著，早晨的天空仍然灰灰的，遠處傳來一聲公雞的啼叫。

我作夢了！顯然剛剛的情景只是一場可怕的噩夢。

我深深的吸了一口氣，慢慢的吐出來，接著下了床。

凝望著窗外灰濛濛的天空，我再次告訴自己，那只是一個夢。

妳得冷靜一點，妳只是做了一個噩夢。

我聽見樓下有人走動的聲音，於是搖搖晃晃的走向櫃子，從抽屜裡拉出乾淨的衣褲——一件褪色的牛仔短褲，一件背心。

我雙眼盈滿淚水，眼前的景物模糊不清。看來今天早晨我過敏的症狀更嚴重了。

我一邊揉著眼睛，一邊走到窗邊，往外看去——只見一輪紅豔豔的火球正從松木林頂爬了上來，後院的草地鋪滿了飽滿的露珠，在晨曦的映照下，像一顆顆晶瑩璀璨的綠寶石。

多愚蠢的一個噩夢啊！

我甩了甩頭，就像要把昨晚的夢境甩出腦海一般；我胡亂的梳了幾下頭髮，便急急忙忙跑下樓去吃早餐。

我衝進廚房時，馬克也剛好走進來。餐桌上只有外婆一個人，她望著窗外的晨光，面前擺著一杯冒著熱氣的馬克杯。

我們走進廚房時，她轉過身來對我們微笑。

「早安，睡得好嗎？」

我原本打算跟她說我做了個可怕的噩夢，但頃刻間卻改變了主意，問道：

「外公呢？」

我望向他的座位，只見餐桌上擺了一份還沒打開的報紙。

「他們一大早就出門去了。」外婆回答。

她站了起來，走向櫥櫃，拿出一大盒玉米片放在餐桌上，並示意我們坐下來。

「今天天氣眞好。」她開心的說。

「沒有煎餅嗎？」馬克脫口問道。

外婆原本正走向櫥櫃，一聽到馬克的問話，她停下腳步，頭也不回的說：「我已經完完全全忘記該怎麼做煎餅了。」

接下來，她拿了兩個碗放在我們面前，然後走向冰箱去拿牛奶。

「你們兩個今天要喝柳橙汁嗎？這是剛搾的。」

外婆把牛奶放在我的碗旁邊，對著我微笑，方框眼鏡後頭的雙眸顯得有些呆滯。

「我希望你們兩個在這兒玩得很愉快。」她輕輕說著。

「要不是阿棍的話，我們會很愉快的。」我不禁衝口而出。

「阿棍？」外婆露出驚訝的表情。

「他又一直在嚇唬我們了。」我說。

外婆發出嘖嘖聲。

「你們也知道阿棍就是那個樣子。」

「你們兩個今天打算做什麼？在這麼美好的早晨，騎馬去散步最好了。外公和史丹利出門前，已經把貝西和瑪姬套上馬鞍了，你們想騎馬嗎？」她抬起雙手推了推頭髮，愉快的問道。

「好主意！」我對她說，「你要去嗎？馬克，要不要趁還不會太熱的時候出去？」

「好。」馬克回答。

「你們以前不是很喜歡沿著溪邊騎馬嗎？」外婆一邊說著，一邊把玉米片的盒子拿走了。

我望著房間另一頭的外婆，注視著她的紅色鬈髮、圓滾滾的雙臂，和印花圖案的家居服。

「外婆，妳還好嗎？」我不假思索的說了出來，「這裡一切都還好吧？」

她沒有回答，反而垂下眼睛，避開我的視線。

「去騎馬，」她平靜的說，「別擔心我。」

外公總是把貝西和瑪姬叫做「老灰母馬」，我想那是因爲牠們倆都已經年紀一把了，而且都是灰色毛皮。還有一點，每當我和馬克跨坐上牠們的馬鞍，催促牠們上路時，牠們的脾氣可是大得不得了。

對我們這種「城市小孩」而言，這兩匹馬再適合不過了。我們只有暑假在農場的時候，才有機會騎馬。也因此可以想見，我們的騎術並不怎麼高明。騎在這兩匹老馬上散步的速度恰恰好，而且不管速度如何緩慢，我都兩膝緊緊夾住貝西，穩穩坐在馬鞍上，享受著美好的騎馬時光。

我們沿著泥土小徑穿過玉米田，騎向樹林。這時天還沒全亮，露出一片黃橙

色調，但空氣已經又熱又悶了。

幾隻蒼蠅繞著我和貝西嗡嗡叫，我抬起一隻手趕走貝西背上的一隻大蒼蠅。

當我們穿過玉米田時，幾具稻草人從低垂的帽沿下瞪視著我們。

我和馬克不發一語，遵守約定不談稻草人的事。

我的目光移向樹林，拉了拉韁繩，催促貝西走快一點。不用說，牠完全不理會我，依舊慢條斯理的踩著穩定步伐，沿著小徑走去。

「我實在很懷疑這兩匹馬到底有沒有辦法快跑？」馬克在我身後幾步高喊著。

「我們來試試看！」

我喊了回去，把韁繩拉得更緊一些，並以運動鞋鞋跟戳了戳貝西的側邊。

「跑，小妞，快跑！」我一邊叫著，一邊輕輕抓緊韁繩。

「哇……」貝西忽然小跑步起來，不禁讓我嚇得叫出聲來。我還以爲牠不會跟我合作咧！

「好耶！太酷了！」我聽見背後傳來馬克的高呼聲。

兩匹馬加快腳步跑了起來，小徑上也響起陣陣響亮的馬蹄聲。我坐在馬鞍

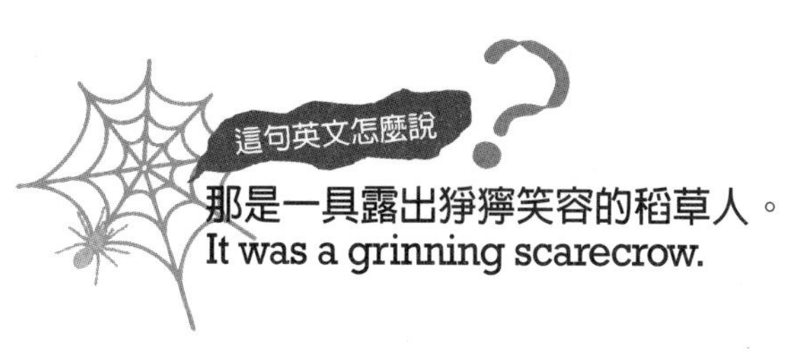

上顛得東倒西歪，只好緊緊抓住鞍座，不禁懷疑這眞是個好主意嗎？

然而在我還來不及想清楚，便看見一道黑色身影猛然闖入小徑。

一切發生得那麼快……

貝西正快步奔跑著，我在馬鞍上幾乎失去平衡的顛跳著，雙腳滑出了馬蹬。

而那道黑色身影在我們面前跳躍而出。

貝西發出一聲受驚嚇的嘶鳴，以後腳站立起來。

就在我往後倒下去時，隨即看清楚是什麼東西跳出來了。

那是一具露出猙獰笑容的稻草人！

16.

貝西又發出一陣尖銳的嘶鳴。

我雙手緊緊抓著韁繩，卻還是鬆脫了。

我感到一陣天旋地轉，似乎連天空都垮下來了。

我整個人往後倒，從馬鞍上摔下去，雙腳被猛烈晃動的馬蹬拉扯著。

整片天空歪得更厲害了。

我的背重重摔在地上。

我只記得馬匹猛然煞車，地面堅硬到出乎我的意料，還有劇烈的疼痛是多麼快速的襲遍全身。

眼前一片熾紅，然後轉變成紫色，就像什麼東西在眼前爆炸一般。

緊接著，那片深紫色越來越暗、越來越暗，終至變成一片漆黑。

在我張開眼睛之前，先是聽到了一陣呻吟聲。

我認出那是馬克的聲音。

我還是緊閉著雙眼，即使想張開嘴巴叫他，卻只能動動嘴唇，發不出一絲聲音來。

「噢——」我又聽到他發出另一聲呻吟，就在不遠的地方。

「馬克……」我費了好大的力氣，終於喃喃出聲。我的背和肩膀好痛，頭部也抽痛著，全身感到劇痛不已。

「我的手腕……我想我摔斷手腕了。」馬克顫聲說著。

「你也摔下來了嗎？」我問。

「嗯，我也摔下來了。」他呻吟著說。

這時我張開了雙眼——我終於可以張開我的眼睛了！

但還是感到一陣天旋地轉，眼前所有的景物也一片模糊。

我望著天空，想讓眼睛的焦點集中。

我看到半空中有一隻手，一隻手對著我垂下來。

那隻細瘦的手從厚重的黑外套伸出來。

我明白那是一隻稻草人的手，但卻只能絕望的看著它。

那隻稻草人的手正要伸下來抓我……

17.

那隻手抓住了我的肩膀。

我實在太害怕了，以至於叫不出聲音來；腦子也混亂得無法思考，只能注視著那隻黑外套袖子，往上看著它的肩膀……它的臉。

一團模糊，我什麼也看不清楚。

過了一會兒，那張臉終於變清晰了。

「史丹利！」我叫道。

他彎身向前，耳朵脹紅，臉上盡是擔心的表情。他輕輕抓住我的肩膀問：「裘蒂，妳還好吧？」

「史丹利……是你！」我高興的叫著，並坐了起來，「我想……應該還好吧！」

我不知道，我全身都在痛。」

「妳摔得可不輕，」史丹利溫柔的說著，「我在田裡看到妳摔了下來，還看到稻草人……」

他沒有往下說，我循著他的視線望向前面的小路。

一具稻草人頭朝下的倒在小路上。

「我看見它跳出來。」史丹利說著，全身不住的顫抖著。

「我的手腕……」一旁傳來馬克的哀叫聲。

史丹利急忙走過去看馬克。我也轉過身去，只見馬克握著手腕坐在小路旁的草地上。

「你們看……這兒腫起來了！」

「噢，眞糟糕，眞是太糟糕了。」史丹利搖著頭說。

「說不定只是扭到了。」我說。

「嗯，」史丹利很快的接口道：「我們最好趕快帶你回屋子裡冰敷。你可以騎瑪姬嗎？我會坐在你後面。」

「我的馬呢？」我問，同時來回梭巡小路的兩端，搖搖晃晃的站了起來。

「牠跑回穀倉去了。」史丹利說，「這麼多年來，我從沒見牠跑得這麼快過。」

他看著地上的稻草人，又打了個寒顫。

我走了幾步，伸展著手臂和腰背。

「我沒事，」我對他說，「你先帶馬克回去，我自己走回去就可以了。」

史丹利連忙跑去扶馬克起來，好像迫不及待要離開這兒……遠離那具稻草人，越快越好。

我看著他們騎上瑪姬朝農舍走去。史丹利和馬克一起坐在馬鞍上，他抓住韁繩，讓瑪姬緩緩走著。馬克將受傷的手腕抵在胸前，背靠著史丹利。

我高舉雙臂、伸展過頭，想要減緩背上的疼痛感。我的頭也很痛，所幸身體其他部位都還好。

「我應該算很走運吧！」我不禁大聲的自言自語。

看著趴在地上的稻草人好一會兒，我終於在好奇心的驅使之下，朝它走了過去。

我伸出腳，用腳尖戳了戳它的側面。只聽見它外套底下的稻草沙沙作響。

於是我更用力的戳它，把腳伸進稻草人的腹部。

我不知道自己想要發現什麼？難道我認為它會大叫嗎？還是它會掙扎扭動？

我又踢了它一腳。

麻布袋頭在地面上彈了一下，它臉部鬼魅般的邪笑沒有任何變化。

這只不過是個稻草人罷了！我告訴自己，只要再踢最後一腳，裡頭的稻草就會全部從外套前面散落出來。

它只是阿棍扔到小路上的一具稻草人而已，但我和馬克卻差點就被它害死了！還好我們很幸運的逃過了一劫。

阿棍……這一定是阿棍耍的把戲。

可是為什麼呢？

這個玩笑未免也開得太大了。

為什麼阿棍要傷害我們呢？

18.

史丹利和阿棍都沒來吃午餐，外公說他們到鎮上去買些材料。

馬克的手腕只是扭傷了，外婆幫他冰敷之後，腫脹已逐漸消退，但馬克還是不停的哀號兼抱怨。

眞是超會利用機會裝可憐的。

「我猜我得躺在沙發上看一個禮拜的電視了。」他咕噥著。

外婆做了火腿三明治和涼拌生菜沙拉，我和馬克狼吞虎嚥的吃個精光。經過一整個早上的折騰，我們實在餓壞了。

吃午餐時，我決定把這段期間發生的事告訴外公，說什麼我都無法再忍耐下去了。

我告訴外公，阿棍如何讓稻草人在夜裡走路，又是如何的嚇唬我們，要逼我們相信稻草人是活的。

我看到外公的藍眼睛裡閃過一絲恐懼，但很快的，他伸手摸了摸臉頰，露出茫然的表情。

「阿棍喜歡開一些小玩笑，」他終於說，「他覺得那樣很好玩。」

「他不是在開玩笑，」我堅定的說，「他眞的想要嚇壞我們，外公。」

「我們今天早上差點摔死耶！」馬克也聲援我，他的臉頰上還沾著美乃滋。

「阿棍是個好孩子……」外婆喃喃說道，她的臉上掛著微笑，並和外公互看了一眼。

「阿棍不會眞的要傷害你們，他只是鬧著玩的。」外公又輕聲說著。

「那也太好玩了吧！」我忍不住抱怨道，還翻了翻白眼。

「是啊！未免太好玩了，」馬克不滿的說，「我還差點摔斷手呢！」

外公、外婆只是笑笑的看著我們，兩人臉上的表情變得像稻草人一般──僵住了！

午餐過後，馬克便窩在沙發裡，打定主意整個下午都待在那裡看電視。這倒是個可以不必到外頭活動的絕佳藉口。

車道上傳來史丹利貨車的煞車聲。我決定去找阿棍，告訴他我們實在受夠他那些可笑的稻草人把戲了。

我可一點也不覺得他那些惡作劇有什麼好玩的，而且我認爲他是有意要傷害我們的……我打算去弄清楚他究竟存的是什麼心。

院子裡沒有阿棍和史丹利的人影，於是我穿過草地，走向他們住的小房子。

這天天氣溫暖而晴朗，天空清澈湛藍，空氣裡飄散著一股清新的甜味，我卻無心享受和煦的陽光，滿腦子只想著要怎樣才能讓阿棍了解我有多生氣。

我敲了敲他家的大門，做了個深呼吸，把頭髮甩到肩後，仔細聽著是不是有人在屋子裡。

我在腦子裡整理待會兒要跟阿棍說的話。可是我實在太生氣了，只覺得腦筋一團混亂，心臟狂跳不已，幾乎喘不過氣來。

我又敲了敲門，這次敲得更大聲一些。

但似乎沒人在裡頭。

我望向玉米田，只見一根根玉米桿高高豎立著，稻草人也僵立著，還是沒看到阿棍的身影。

我轉身穿過寬闊的草地朝穀倉走去。

也許阿棍在穀倉裡頭。

我以小跑步跑向穀倉，遠遠看見兩隻烏鴉正在穀倉門前的地上跳來跳去。牠們一看到我就一路尖叫著飛走了。

「嘿……阿棍？」

我上氣不接下氣的高喊著跑進穀倉。

還是無人回答。

穀倉裡黑漆漆的，我站了一會兒，等待眼睛適應裡面的黑暗。

忽然間，我想起上次在穀倉裡發生的恐怖情景，有點心不甘情不願的向前跨了幾步，運動鞋踩在鋪著稻草的地板上沙沙作響。

「阿棍，你在裡面嗎？」我高聲叫著，費力注視著暗無天日般的穀倉內部。

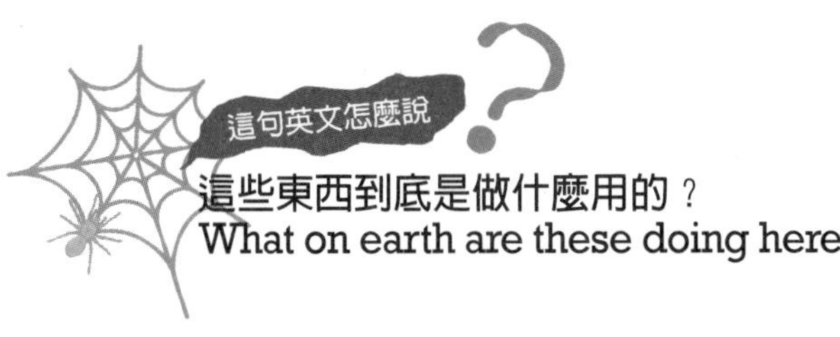

這些東西到底是做什麼用的？
What on earth are these doing here?

「可能不在這兒。」我大聲對自己說。

我經過一部獨輪手推車，發現自己以前沒注意到的一些東西……穀倉地板上堆置著一堆舊外套，裡頭塞著空麻布袋。

我撿起其中一個，看見上頭用黑筆畫著一張蹙著眉頭的臉，我趕緊把它丟回去。

我想，這些一定是史丹利製作稻草人的材料了。

他到底還打算做多少具稻草人呢？

頃刻間，角落裡有個東西引起了我的注意，我快步走過去，蹲下身檢視那些東西。

那是一些火把，少說也有十多支，塞在黑抹抹的角落裡，旁邊還放著一大瓶煤油。

這些東西到底是做什麼用的？

就在這時，我聽見一個刮擦聲，看見黑暗中閃過一道更深的陰影。

我很高興的發現，自己不是一個人落單了。

我跳起來喊道：「阿棍！你嚇到我了。」

他的臉半掩在黑暗中，一綹黑髮落在額前，臉上沒有絲毫笑容。

「我警告過妳……」他怒聲道。

19.

一陣恐懼湧上喉嚨，我走出角落，越過他，站在走廊投射進來的亮光下。

「我……我正在找你。」我結結巴巴的說，「阿棍，爲什麼你一直要這樣嚇我和馬克？」

「我警告過妳……」他壓低聲音，近乎耳語似的說，「我警告妳離這兒遠一點，回妳家去。」

「可是爲什麼呢？」我追問著，「你到底是怎麼了？阿棍，我們有做什麼事得罪你嗎？爲什麼你要一直這樣嚇我們？」

「我沒有。」阿棍一面回答，一面緊張的看著我背後的穀倉門。

「什麼？」我驚訝的問。

「我沒有要嚇你們，眞的。」他一臉篤定的說。

「你說謊！」我生氣的大喊，「你一定覺得我是個大笨蛋，但我不是，我知道今天早上你把一具稻草人丟到小路上來，一定是你。」

「我眞的不懂妳在說些什麼，」他冷冷的否認著，「可是我警告妳……」

走廊傳來一個聲音打斷了他的話。

只見史丹利走進穀倉，他用一隻手擋在眉毛上方，好像爲了適應室內的黑暗。

「阿棍，你在裡面嗎？」他大喊。

阿棍突然變得很害怕，輕輕的驚喘一聲。

「我……我得走了。」

阿棍不安的低聲說著，同時轉身朝史丹利跑去，高喊道：「爸，我在這兒，拖曳車準備好了嗎？」

我看著他們匆忙走出穀倉，阿棍並沒有回頭。

站在黑暗中，我注視著空蕩蕩的走廊，絞盡腦汁思考著。

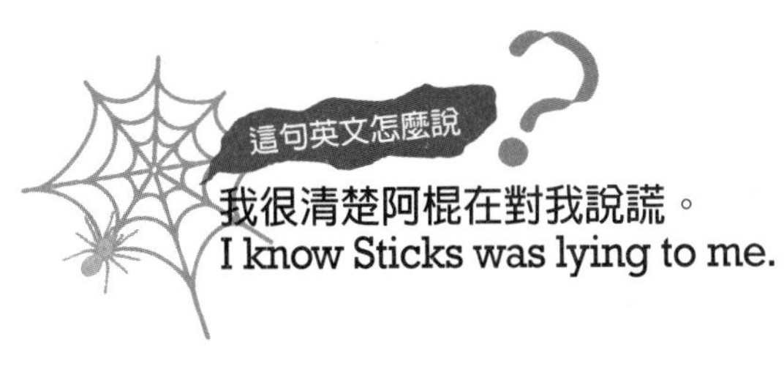

我很清楚阿棍在對我說謊。
I know Sticks was lying to me.

我很清楚阿棍在對我說謊。

我知道他讓稻草人在夜裡走動，在樹林裡假扮成稻草人嚇我，今天早上也是他把稻草人丟進小路上的。

我很清楚他想嚇壞我和馬克。

可是我已經受夠了，該是以牙還牙的時候了。

接下來應該讓他嚐嚐被嚇唬的滋味，我要讓他知道什麼叫做眞正的恐懼。

20.

「我不要！」馬克反對。

「爲什麼不要？」我向他保證，「這樣很酷啊！」

「可是我的手腕又會受傷，」馬克哀號著，「現在又開始痛了，我沒辦法使力。」

「沒問題的，你不必用到手腕。」

他接著又提出幾個反對的理由，但不久之後，他露出了大大的笑容，眼睛也跟著發亮。

「聽起來很酷喔！」

「那還用說，簡直酷斃了，是我想到的！」

我們站在前廊，正準備到穀倉去。一輪明月高掛天際，不遠處傳來貓頭鷹的咕咕聲。

夜晚透露些微涼意，草地上凝結著大顆的露珠。銀白色的月光如此明亮，每株小草的葉片清晰可見。

外公、外婆就寢之後，我把馬克拉到屋子外，穿過草地，走向穀倉。

「你在這兒等著。」我說著，立刻跑進穀倉去拿需要用到的東西。

晚上跑進伸手不見五指的穀倉，有點令人發毛，我聽見高高的椽木上頭傳來一些細碎的聲響。

也許是蝙蝠吧！

我的布鞋被露水沾濕了，踩在地板的稻草上有點滑。

一隻蝙蝠低掠過我的頭頂上方，接著椽木上頭傳來更多高鳴聲。看來有很多隻蝙蝠在上頭。

我從一堆衣物上抓起一件最大、最破舊的外套，又撿起一個麻布袋塞進外套最頂端。

那些聒噪的拍翅聲在穀倉裡來來回回、不斷盤旋著，我則頭也不回、快步走到外面和馬克會合。

我向馬克解釋我要怎麼報復阿棍的計畫。

其實這個計畫很簡單，就是把馬克打扮成稻草人，讓他和其他稻草人一起站在玉米田上方。

然後由我去小房子找阿棍，告訴他我在田裡看到一件很詭異的事，把他拉到田裡去。接著由馬克逼向他，把他嚇得屁滾尿流！

很簡單，也會很有效。

阿棍活該！

我拉出麻布袋套進馬克的頭，那雙令人發顫的眼睛回瞪著我，我抓起一捆稻草塞進麻布袋裡。

「不要亂動！」我對馬克說。

「可是稻草刺得我好癢！」他抗議道。

「等一下你就會習慣了。」我抓住他的肩膀說，「站好，不要動。」

「爲什麼要塞稻草呢？」他繼續碎碎念。

「馬克，你得跟其他稻草人一模一樣才逼眞啊！否則是騙不了阿棍的。」

我在麻布袋臉上塞進稻草，再幫馬克把舊外套穿上。

「我不要……」他哀號著，「我癢得快死了！我不能呼吸了！」

「你呼吸得很順暢啊。」我說著，又塞了一些稻草在他袖子裡，小心翼翼的把稻草從袖口塞進去，蓋住馬克的手，再塞一些稻草在外套裡。

「你可不可以站著不要動？」我生氣的說著，「你不知道這很麻煩嗎？」

他不高興的囁嚅幾句，而我繼續努力裝扮他。

「你只要想著當阿棍看到你，以爲是稻草人活過來而嚇得半死的拙樣就好啦！」

稻草刺痛了我的雙手，而且從運動衫到牛仔褲沾得全身都是，害我不停的打噴嚏。

我想，稻草讓我的過敏更嚴重了。可是我不在乎，反而越來越興奮，等不及要看阿棍受驚嚇的表情，還要親眼目睹他爲這星期以來不斷嚇唬我們付出代價。

「我需要一頂帽子。」馬克說，他站得直挺挺的，一身稻草使他不敢妄動。

「嗯……」我努力回想，穀倉裡那堆衣物裡並未看見半頂帽子。「等一下從眞的稻草人那裡拿一頂下來戴。」

我後退幾步審視著自己的傑作——馬克看起來眞是棒透了！可是稻草好像還不太夠，我又動手把整件舊外套給塞得鼓鼓的。

「好了，別忘了要站得直挺挺的，兩隻手也要伸直。」我提醒道。

「我能有別的選擇嗎？」馬克發牢騷道，「我……我根本就動彈不得！」

「很好，」我將一些稻草從袖子裡抽出來，再後退幾步，「OK，可以了。」

「我看起來怎麼樣？」他問。

「看起來像一個很矮的稻草人。」

「我是不是太矮了？」

「你放心，馬克，」我抓住他的手臂說，「我會把你綁在一根木樁上！」

「什麼？」

「騙到你了！我開玩笑的……」我笑著說，帶他走向玉米田。

「妳覺得這樣做行得通嗎？」馬克一邊問，一邊僵直的走著，「這樣眞的嚇得了阿棍嗎？」

我點點頭，臉上浮現一抹邪惡的笑容。

「應該會吧！」我對馬克說，「阿棍會嚇得魂飛魄散的。」

然而，當時我並不知道——我們所有人都差點嚇破了膽！

21.

我雙手緊抓住馬克的手臂，把他帶到玉米田。皎潔的月光灑在我們身上，高大的玉米桿在微風中輕輕抖動著。

馬克的樣子就像一具眞正的稻草人，看起來很嚇人。一根根稻草從他的領口和袖口凸出來，巨大的外套套在他肩膀上顯得鬆垮垮的，幾乎蓋到了膝蓋。

我們走進玉米田，穿過一排狹窄的田間小路時，布鞋踩在乾巴巴的地上，發出陣陣沙沙聲。

玉米桿高聳在我們頭頂上方，夜風吹得所有玉米桿都倒向我們，好像要把我們給關在裡頭似的。

當我聽到一陣窸窸窣窣的聲音時，不禁驚訝得倒吸一口冷氣。

玉米桿不停的來回晃動。
The stalks shifted back and forth.

是腳步聲嗎？

馬克和我都僵住了，仔細聆聽著。

一陣風吹來，玉米桿垂得更低了，擺動時發出一陣陣詭異的聲響；而已經成熟的玉米鞘則沉沉的晃動著。

刷刷刷、刷刷刷……

玉米桿不停的來回晃動。

接著我們又聽到一陣窸窸窣窣的聲音，像是輕輕刷過什麼似的。那聲音就在距離我們很近的地方。

「噢，放開我！」馬克輕聲說。

我猛然察覺原來自己還緊緊抓著馬克的手臂。於是我放開手，仔細傾聽著。

「你有聽見嗎？」我壓低聲音對馬克說，「你聽見沙沙聲了嗎？」

刷刷刷、刷刷刷……

玉米桿朝我們低垂著，在風中搖晃不已。

突然一根樹枝折斷了，就在我們的附近，我嚇得差點跳起來。

我屏住呼吸，心臟狂跳不已。

接著又是一陣窸窣聲。我緊盯著地面，想找出聲音的來源。

「噢！」

一隻大松鼠竄過田間窄路，消失在一片玉米桿之間。

我忍不住失聲大笑，鬆了一口氣。

「只是一隻松鼠，」我說，「你相信嗎？只不過是一隻松鼠！」

馬克也從麻布袋裡嘆了長長的一口氣。

「裘蒂，我們可以繼續走了嗎？」他不耐煩的說著，「我全身癢得快受不了了！」

他舉起雙手，想要透過麻布袋搔臉，但是我立刻把他的手抓住了。

「馬克……不行！你會把稻草弄得一團亂。」

「可是我覺得臉上像有一百隻蟲在爬！」他哀求道，「而且我什麼也看不到，妳挖的眼洞不夠大。」

「你只要跟著我就沒事了，而且別再囉嗦了，你不是也很想嚇嚇阿棍嗎？」

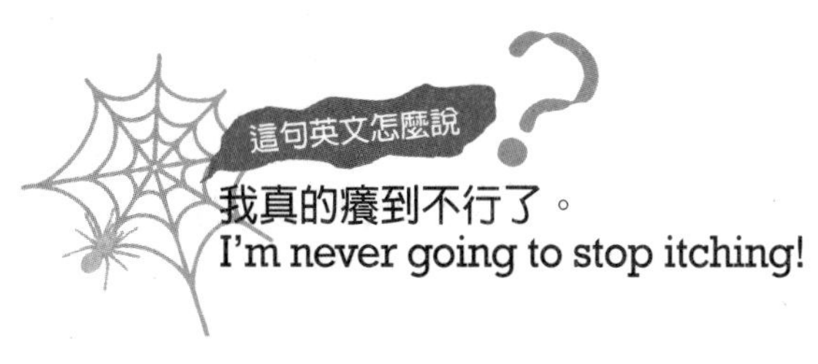

馬克沒答腔，只是跟著我緩緩走向玉米田的更深處。

冷不防的，一道黑影出現在小路上。

我驚呼一聲後，才發現那是一具稻草人長長的影子。

「你好，」我說著，伸手握握它的稻草手。「我可以跟你借帽子嗎？」

我踮高腳跟，伸手將它麻布袋頭上那頂棕色軟呢帽拿下來，再把帽子套在馬克的麻布袋頭上，往下拉緊。

「嘿——！」馬克抗議道。

「我怕戴太鬆會掉下來。」我對他說。

「我真的癢到不行了。」馬克哀號著，「妳可以幫我抓抓背嗎？我整個背部都在癢！」

於是我在那件舊外套的背上用力抓了幾下。「轉過去。」

我再一次仔細端詳著馬克。

太完美了！他比那些稻草人還像稻草人。

「在這兒站好。」我把他推進兩排玉米桿之間的一小塊空地裡。「很好，等一下我把阿棍帶過來的時候，你就把手臂直直的伸出來，而且不要隨便亂動。」

「我知道、我知道，」馬克嘟囔著，「妳以為我不會假扮稻草人嗎？快一點可不可以？」

「好啦！」我轉身沿著搖晃的玉米桿之間快步走去，乾枯的稻草和樹葉踩在腳下霹啪作響。

當我抵達小房子時，已經氣喘吁吁了。門廊上暗暗的，但窗戶後頭有一道微弱的橙黃色亮光。

我在門廊上停下腳步，傾聽著屋裡的一片寂靜。

要怎麼做才能讓史丹利不跟著他，只讓阿棍一個人出來呢？

我可不想嚇到史丹利，他是個好人，從來都不會想要設計一些可怕的惡作劇來整我和馬克。而且我知道如果他也跟著去的話，他會有多害怕、多難過。

我只是想嚇嚇阿棍而已，給他一點教訓，讓他知道我和馬克這兩個「城市小孩」的厲害，要他以後再也不敢欺負我們。

風吹著我的頭髮，背後的田裡傳來玉米桿窸窣作響的聲音。

他跟著我來做什麼呢？
Why is he following me?

我不禁打了個寒顫。

我深吸了一口氣，掄起拳頭準備敲門，不料背後的一陣聲響讓我本能的回過頭去。

「嘿……」我的聲音哽住了。

有一個人跌跌撞撞的跑過草地，我的眼睛又淚汪汪的，什麼也看不清楚。

那是馬克嗎？

沒錯，我認出那頂軟呢帽、幾乎蓋到他膝蓋的破舊黑外套……

他在做什麼啊？

我不禁自問，看著他朝我奔跑過來。

他跟著我來做什麼呢？

今晚的計畫都被他給毀了！

他跑得更近了，並舉起一隻手，好像在指著我。

他一邊跑，一邊以稻草手臂比著手勢。

「馬克……回田裡去！」我壓低聲音說，「你不該跟我來的，你會搞砸所有

計畫！馬克……你到底跑來做什麼？」

我奮力揮舞著雙手，示意他快點回到田裡去。

可是他完全不理會我，只是拖著稻草一逕跑著。

「馬克，求求你……回去！回去！」我哀求他。

可是他卻跑到我跟前，抓住了我的肩膀。

我注視著那雙冰冷、畫上去的眼睛，驚訝的發現——他居然不是馬克！

那具稻草人緊緊抓住我。
The scarecrow held on to me tightly.

22

我大叫一聲，想把它推開。

可是那具稻草人緊緊抓著我。

「阿棍……是你嗎？」我抖著聲音問，卻得不到回答。

我凝視著那雙空洞的眼睛，恍然明白麻布袋後面並沒有人的眼睛。

那雙稻草手掐住我的喉嚨，我張開嘴想要大叫。

這時，小房子的門咿呀一聲打開了。

「阿棍……」我想要叫，喉嚨卻像卡住一般。

阿棍跨步走下門廊的小臺階。

「這到底是……」他叫出聲來。

他跳下臺階，抓住稻草人的肩膀，把它推到地上。

稻草人無聲無息的倒下去，正面朝上，睜著空洞的眼睛瞪視我們。

「是誰……『它』是誰？」我一邊大聲叫著，一邊揉著脖子上剛剛被稻草人掐住的地方。

阿棍蹲下身，把麻布袋從它的頭上拉了起來。

但裡頭除了稻草之外，什麼也沒有！

「它……它真的是一具稻草人！」我害怕的大叫，「可是它……它會走路！」

「我警告過妳……」阿棍嚴肅的說著，垂眼瞪視那個無頭的身形，「我警告過妳，裘蒂。」

「你是說……你不是那個稻草人？不是你扮成稻草人來嚇唬我和馬克？」

阿棍搖了搖頭，並注視著我，輕聲說著：「爸爸讓那些稻草人復活了，上個禮拜，你們還沒來以前，他照著書裡教的，念了些咒語……結果那些稻草人真的復活了。」

「噢，天啊！」我喃喃說道，伸手捂住了臉。

「我們都很害怕，」阿棍繼續說，「尤其是妳外公、外婆，他們哀求爸爸解除咒語，讓稻草人回復到沉睡狀態。」

「他這麼做了嗎？」我問。

「是的，」阿棍回答，「他讓它們回復到沉睡狀態了，可是他要妳外公、外婆答應幾件事情，他要他們不准再嘲笑他，而且從此以後所有事情都要照他說的話去做。」

說到這兒，阿棍做了個深呼吸，面向小房子的窗戶。

「妳沒發現這裡的狀況有多麼不同嗎？妳沒發現妳外公、外婆有多害怕嗎？」

「我當然發現了。」我點點頭說。

「他們一直在討爸爸的歡心，」阿棍又說，「絲毫不敢惹他不高興，只做他喜歡吃的東西，而且妳外公不跟你們講恐怖故事，也是因爲我爸不喜歡。」

我搖了搖頭。「他們這麼怕你爸？」

「他們是怕他又念咒語讓稻草人活過來。」阿棍嚥了口口水，又輕聲說，「不過，還有一個狀況沒解決。」

「什麼狀況？」

「嗯，我還沒告訴我爸，可是……」他的聲音越來越低，幾乎聽不清楚。

「可是怎樣？」我焦急的問。

「其中有幾具稻草人還是活的……有幾具稻草人始終沒有回復到沉睡狀態。」

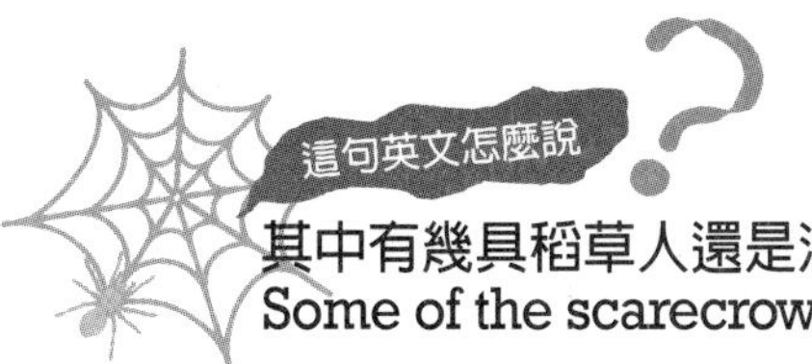

其中有幾具稻草人還是活的。
Some of the scarecrows are still alive.

23

當小房子前門打開時，我和阿棍同時發出一聲低呼。

我嚇了一大跳，從門廊跳了下來。

門打開之後，一束光線流洩出來，只見史丹利站在光線之中。

他手抓著門，從裡頭往外看。

當他看見我和阿棍時，露出一臉吃驚的表情；可是在看到地上那具無頭稻草人時，他一副不可置信的瞪大雙眼，發出含糊的咕噥聲。

「天……天啊！」他指著那具稻草人，不停的顫抖著。「它……它會走路，稻草人會走路！」

「不是的，爸……」阿棍高喊道。

但史丹利完全不聽。他退回房子裡，不見人影了。

阿棍追了上去，史丹利又出現在門廊上。當他走過來時，我看見他手上拿著那本魔法書。

「稻草人會走路！」史丹利大叫著，「我得趕快處理……我得現在就趕快處理！」

他的眼睛流露出狂亂的凶光，瘦削的身子止不住的顫抖，整個人發狂似的就要往玉米田衝。阿棍跟在後頭，努力想要安撫他。

「爸，不要！」阿棍沮喪的大喊，並緊跟著史丹利，「那個稻草人是我丟的！爸，是我把它丟在這兒的！它不會走路……不會走路的！」

史丹利跨著大步繼續往前走，似乎完全沒聽到阿棍說的話。

「我得現在就處理！」史丹利大聲說著，「我是老大，我得讓其他稻草人都活過來控制這一切。」

他轉身注視著緊跟在後頭的阿棍，大聲吼道：「走開！我要念咒語，不准靠近！等我念完你們再過來！」

「爸……求求你聽我說，」阿棍繼續叫喊著，「稻草人都在睡覺了，別把它們吵起來。」

終於，史丹利在靠近玉米田幾公尺遠的地方停了下來，轉過身看著阿棍。

「你確定嗎？你確定它們都在我的控制之下？它們沒有起來走動嗎？」

「是的，我確定……爸，我很確定。」阿棍點點頭。

史丹利一臉困惑，仍然緊緊盯著阿棍，一副不相信他說的話的樣子。

「那我不必念咒語囉？」史丹利仍懷疑的問道，目光轉向隨風搖曳的玉米桿。

「我不必親自處理嗎？」

「不必，爸……」阿棍輕聲回答，「稻草人全都一動也不動的站在那兒，你可以把書拿回去了，稻草人不會動的。」

史丹利放鬆的吐了一口大氣，把書放下來擱在腰際。

「真的沒有一具會動？」他又小心翼翼的問道。

就在這時，假扮成稻草人的馬克，步履蹣跚的從玉米田裡走了出來。

24

「妳到底跑到哪裡去了？」馬克問。

剎那間，史丹利驚訝得張大了眼睛和嘴巴。

「爸，求求你……」阿棍哀求道。

可是太遲了……只見史丹利大步走向玉米田，把那本大書高舉在他面前。

「稻草人會走路！它們會走路！」他大叫著。

馬克戳了戳麻布袋臉，高喊道：「我們搞砸了嗎？玩笑結束了嗎？這到底是怎麼一回事？」

現場沒有人有時間回答他。

阿棍轉向我，表情顯得十分驚恐、懼怕。

「我們得去阻止我爸！」他大喊著跑向玉米田。

這時，史丹利已經消失在一排排的玉米桿之間了。

我的過敏越來越嚴重，只好不停的揉眼睛，想看得更清楚一些。

我緊跟在阿棍身後，眼前的景物卻彷彿籠罩著一片灰黑色的迷霧。

「噢！」我踩進一個淺坑，一個踉蹌摔倒了。

馬克緊跟在我後面，幾乎整個人跌到我身上。他伸出手把我拉起來，我兩邊膝蓋因撞到地面而抽痛不已。

「他們往哪裡去了？」我氣喘吁吁的問，淚汪汪的雙眼在搖曳的玉米桿之間搜尋著。

「我……我沒看清楚。」馬克囁嚅著說，「告訴我，發生什麼事了？裘蒂。」

「現在沒時間解釋，我們得先阻止史丹利，我們得……」

不遠處忽然傳來史丹利高亢興奮的聲音，當他念出一連串咒語時，我和馬克都僵住了。

「他是看那本怪書念的嗎？」馬克問。

我沒回答，只是屏氣凝神的聽著史丹利的咒語聲，不過他的聲音又高又急，根本聽不清楚到底在念些什麼。

阿棍在哪裡呢？爲什麼沒能阻止他父親呢？

我慌亂的推開高大的玉米桿，在玉米田裡到處亂竄，眼睛又溢滿淚水，只能不停撥開玉米桿向前進。

接著我看見史丹利和阿棍在一小塊空地上，站在兩具高踞木樁上的稻草人面前。

史丹利把書捧在靠近臉之處，手順著書上的文字移動，嘴裡念著咒語。

阿棍則僵立在那兒，露出空洞而滿是恐懼的表情。

是因爲史丹利的咒語讓他僵立不動嗎？

那兩具稻草人直挺挺的站在木樁上，在軟呢帽底下，木然的眼睛死瞪著前方。

就在史丹利念完那段咒語時，我和馬克來到那片小空地，只見史丹利「啪」的一聲闔上書本，把書夾在腋下。

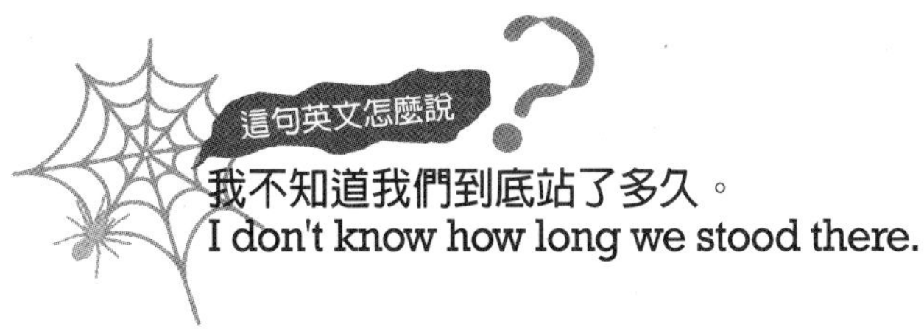

「它們又會開始走動了！」史丹利興奮的吶喊，「它們又活過來了！」

阿棍忽然醒了過來，眨了好幾次眼睛，又甩甩頭，好像要讓自己更清醒一些，好弄清楚究竟發生了什麼事。

我們不約而同的注視著那兩具稻草人，而它們也木然、文風不動的回瞪著我們。

原本遮住月亮的雲層已經飄離，籠罩在玉米田上的大片陰影也跟著移開了。

我看著蒼白而詭異的月光。所有人陷入深深的沉默，唯一的聲音是史丹利急促的喘息，他正緊張不安的等待咒語生效——稻草人復活！

我不知道我們到底站了多久，沒有一個人敢稍加妄動，只是目不轉睛、死盯著眼前的稻草人。

「沒用……」史丹利終於發出一句咕噥，聲音悲傷而深沉。「我弄錯了，咒語……沒效！」

阿棍的臉上浮現一抹微笑，他看著我，開心的大喊：「咒語沒效！」

就在這時，我聽見一陣輕輕的刮擦聲。

稻草人的肩膀開始動了，它們的眼睛發亮，頭向前傾。

沙沙、沙沙、沙沙……

它們身上發出嘈雜的刮擦聲，接下來掙脫木樁，悄悄的站到地面上。

去告訴他們我爸剛做了什麼。
Go tell them what my dad has done.

25

「去警告妳外公、外婆！」阿棍大喊，「快！去跟妳外公、外婆說我爸剛做了什麼！」

我和馬克遲疑著，只是呆呆的望著那兩具稻草人伸展手臂，搖動著麻布袋頭，就好像睡了一場很長很長的覺，剛剛醒過來似的。

「裘蒂，妳看！」馬克以微弱的聲音喊著，之後他便再也說不出話來，只能指著玉米田。

我朝馬克手指的方向看過去，不禁倒吸一口冷氣。

此刻，玉米田裡所有穿著黑外套的稻草人都在木樁上掙扎、扭動，接著下到地面上來。

十多具稻草人統統無聲無息的活過來了！

「快跑！」阿棍尖叫道，「快！去告訴妳外公、外婆！」

史丹利呆立在原地，雙手緊抱著那本書，興奮異常的看著眼前的情景，並搖著頭，沉浸在勝利的滋味中。

阿棍的臉因恐懼而扭曲，他重重的推了一下我的肩膀。「快跑！」

所有稻草人都來回轉動著頭部，伸展著手臂，空氣中瀰漫著乾稻草的氣味。

我強迫自己移轉開視線，和馬克一起轉身快跑，雙手猛力撥開高大的玉米桿，沒命似的往前狂奔。

我們低垂著頭，像鴨子潛在水裡一般，默默往前奔跑著。

我們跑過草地，越過小房子，經過了安靜、黑暗的穀倉。

眼前的農舍越來越近，整棟房子一片漆黑，只有後門門廊上的小燈發出一圈微弱的光線。

「妳看！」馬克指著遠處高喊。

一定是外公、外婆聽見我們在玉米田裡高聲嚷嚷的聲音了，他們來到後院等

著我們。

兩人露出擔心、害怕的神色，外婆在睡衣上罩了一件法蘭絨睡袍，頭上綁著一條圍巾。外公則在睡衣、睡褲上套了件連身褲，整個人斜倚在枴杖上，搖頭看著我和馬克朝他們狂奔。

「稻草人！」我高聲說著，快要喘不過氣來了。

「它們在走路！」馬克也跟著大喊，「史丹利，他……」

「你們惹史丹利不高興了嗎？」外公驚恐的問，「是誰惹史丹利不高興的？他答應不會再這麼做的！他答應只要我們不惹他，他就不會這麼做！」

「那是意外！」我解釋著，「我們不是故意的，眞的！」

「我們已經處處小心提防著別讓他不高興的，」奶奶咬著下唇，難過的說，「但卻還是……」

「他應該不會這麼做才對，」外公注視著玉米田說，「我們一再告誡過他，這麼做太危險了。」

「你爲什麼打扮成這個樣子？」外婆問馬克。

我感到一陣恐懼和難過，將馬克仍一副稻草人裝扮這件事忘得一乾二淨。

「馬克，你是不是打扮成這個樣子去嚇史丹利？」外婆問。

「不是！」馬克高聲說，「我們只是鬧著玩的，只是開個玩笑。」

「我們是想嚇嚇阿棍，」我接著說，「可是史丹利一看到馬克，就……」

當我看到玉米田那邊走出幾道黑色身影時，不禁停了嘴。

在一片銀白色月光下，史丹利和阿棍彎著身子、飛快的奔跑著。史丹利把那本書抱在胸前，不停的在潮濕的青草地上打滑。

一群稻草人緊跟在他們身後，沉默而踉蹌的往前移動。

它們直直的伸長手臂，彷彿要抓住史丹利和阿棍似的；又圓又黑的眼睛在月光下，散發出空洞、茫然的銀光。

稻草人一路跌跌撞撞，搖搖晃晃的摔倒又爬了起來，卻緊跟在史丹利和阿棍後頭。十多具穿黑衣、戴黑帽的稻草人一邊跑，一邊掉落一把又一把的稻草。

外婆害怕得緊緊掐住我的手臂，她的手又冰又冷。

我們看見史丹利跌倒，又掙扎著想要爬起來，阿棍拉了他一把，兩個人繼續

朝我們奔跑過來。

靜默的稻草人一步一步的朝我們逼近，越來越近……

「救救我們！求求你……」史丹利對我們吶喊。

「我們該怎麼辦？」我聽見外公悲傷的說。

26

我們四個緊緊靠在一起，無助的看著那群稻草人追趕著史丹利和阿棍，穿過了青草地。

外婆抓住我的手臂不放，外公則整個身體斜倚在他拄著的枴杖上。

「它們不聽我的命令！」史丹利氣喘吁吁的高喊。

他一手抓著書，在我們面前停了下來，胸口快速起伏，大口喘著氣想讓呼吸平緩下來。在這涼意深深的夜裡，他卻汗如雨下。

「它們不聽我的命令！它們得聽我的才對！是書上說的……」

史丹利繼續大叫，拿起書本猛力揮舞著。

阿棍在他父親身旁停了下來，轉身看著逐漸靠近的稻草人。

「接下來該怎麼辦？」他問他父親，「你得想想辦法啊！」

「它們活過來了！」史丹利瘋狂叫喊著，「它們復活了！」

「書上怎麼說？」外公問。

「它們復活了！全部復活了！」史丹利不斷重複同樣的話，眼眸流露出深深的恐懼。

「史丹利……你聽我說！」

外公高喊並抓住史丹利的肩膀，將他轉過來面對著自己。

「史丹利……書上說該怎麼做？你要怎樣才能控制它們？」

「復活了……」史丹利喃喃說著，又翻了翻白眼，「它們全都復活了！」

「史丹利……書上到底說該怎麼辦才好？」外公又大聲問了一遍。

「我……我不知道。」史丹利回答。

我們轉身看著那群稻草人，它們排成一排朝我們蹣跚的逼靠過來。它們的手臂瘋狂的往前伸，就像作勢要來抓我們似的。

一束束稻草從它們的袖子和外套裡掉出來，但它們還是不斷的朝我們逼近，越來越近，越來越近……

畫上去的黑色眼睛直直逼視著前方，斜睨著我們。

「停！」史丹利大叫，將書本高舉在頭頂上，「我命令你們停下來！」

然而那群稻草人依舊緩緩的、一步步的朝著我們逼近。

「停下來！」史丹利發出一聲恐懼的尖叫，「是我讓你們復活的！你們是我的！我的——我命令你們全部停下來！」

一雙雙空洞的眼睛死盯著我們，手臂直挺挺的往前伸，越走越近。

「停！我說停！」史丹利怒吼道。

馬克一直往我身上靠，麻布袋後的眼睛露出極端恐懼的神色。

稻草人完全不理會史丹利的叫嚷，繼續向前邁進。

不料，接下來我所做的一個舉動竟然改變了整個狀況。

我打了一個噴嚏——

27

馬克嚇了一跳，他被我這個超大聲的噴嚏給嚇得驚叫一聲，並迅速跳開幾步。

但我驚訝的發現——

那些稻草人全都停住不動，而且也往後跳開了幾步。

「哇！」我大叫道，「這是怎麼一回事？」

那群稻草人彷彿訓練有素般的一起望向馬克。

「馬克……快點……舉起你的右手！」我高喊。

儘管馬克以懷疑的眼神看著我，卻聽話的將右手高舉過頭。

更教人吃驚的是，在場所有稻草人也跟著他把右手高舉過頭！

「馬克……它們在模仿你！」外婆大聲說。

接著馬克舉高了雙手，那些稻草人也跟著做了。它們舉起雙手時，還發出一陣陣沙沙聲。

馬克又把頭歪向左邊，所有稻草人也把頭歪向左邊。馬克跪了下來，那些稻草人跟著他做出同樣的動作。

「它們……以爲你是它們的同伴。」外公輕聲說。

「它們以爲你是它們的老大！」史丹利一面大叫，一面瞪大眼睛注視著跪在地上的稻草人。

「可是我要怎樣才能讓它們回到木樁上？」馬克興奮的問，「怎樣讓它們變回稻草人呢？」

「爸，找找看有沒有正確的咒語，」阿棍大喊，「快把正確的咒語找出來，讓它們回復原狀！」

史丹利搔了搔頭皮。「我……我很怕。」他難過的說。

忽然間，我靈光一閃。

「馬克……」我輕輕的說，往他靠過去，「把你的頭拉起來。」

「什麼？」他透過麻布袋面罩看著我。

「把你的稻草頭拉起來。」我輕聲催促道。

「爲什麼？」馬克問。

他揮了揮手，所有稻草人也跟著揮揮手。

所有人都焦急的看著我，等著聽我解釋。

「只要你拉掉稻草頭，」我對馬克說，「它們也會跟著你一起拉掉頭部，這麼一來它們就會死了。」

馬克有點猶豫。

「呃……妳想會這樣嗎？」

「這倒是值得試一試。」外公也催促著。

「就這麼辦，馬克，快點！」阿棍大喊。

馬克又遲疑了一會兒，才走向前去，離那群稻草人只有幾十公分的距離。

「快點！」阿棍又催促道。

「我希望這個辦法有效。」

馬克雙手抓住麻布袋的頂端，喃喃說著。

接下來猛力一拉，把整個麻布袋拉了起來。

28

所有稻草人停止動作，它們像雕像一般，文風不動的看著馬克拉開他的稻草人頭。

馬克回瞪著它們，兩手還抓著麻布袋。他的頭髮濕淋淋的貼在前額上，滿臉都是汗水。

稻草人遲疑了好一會兒，那眞是靜默而漫長的一刻啊！

我不敢稍加喘氣，心臟狂跳著。

終於，所有稻草人舉起雙手——拉掉它們的頭！

我不禁開心得大叫。

所有的黑色軟呢帽，以及麻布袋頭都悄然無聲的掉在草地上。

沒有一個人敢動，只是靜靜等候全部的稻草人倒下，等待著所有無頭的稻草人四分五裂的潰散。

可是，它們並沒有倒下來。

相反的，它們又伸長了手臂，筆直的朝我們前進。

「它們……它們要來抓我們了！」史丹利發出顫抖的聲音高喊。

「馬克！快想想辦法！」我推他向前走，「讓他們單腳站立，或是原地跳躍，總之，千萬別讓他們過來啊！」

無頭的稻草人仍然不停的前進。

馬克往前走了幾步，他抬起雙手，高舉過頭。

但是稻草人沒有停下來，也沒有跟著他的動作做。

「你們……舉手！」馬克一邊失望的大喊，一邊猛揮著雙手。

稻草人依然默默的、一步步的向前逼近。

「它們不舉手……」馬克哀號著，「不照我的動作做！」

「你的樣子不像稻草人了，」外婆說，「它們不當你是老大了。」

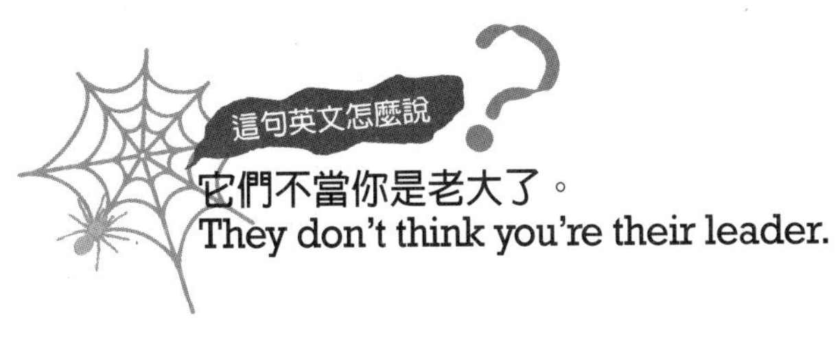

它們只是一逕的逼向我們。

終於，稻草人形成一個圓圈，把我們團團圍住。

一具稻草人伸出手臂刮著我的臉頰，我發出恐懼的驚呼聲：「不！」

它伸向我的喉嚨，乾稻草刮著我的臉，不停的刮著、刮著……

幾具稻草人爬到馬克身上，馬克掙扎著，雙腳不停的踢著，然而它們把他緊緊壓在地上，幾乎讓他無法呼吸。

又有幾具身披黑外套的稻草人包圍住外公、外婆，他們束手無策的叫喊著，而史丹利只能發出無聲的喘息。

「阿棍——救我呀！」當稻草人的手臂掐住我的脖子，我放聲尖叫道，「阿棍——」

我慌張的四處搜尋阿棍的蹤影。

「阿棍？快救我！求求你！你在哪裡？」

我驚訝的發現——阿棍不見了！

29

「阿棍？」我發出最後一聲悶叫。

稻草人緊緊箍住我的喉嚨，在我身上滾動，它胸口的乾稻草刺痛了我的臉。

我想要掙脫，可是它緊箍住不放，整個身體壓著我，我快喘不過氣來了。

稻草發出一股腐敗的酸臭味，害我發出陣陣作嘔聲。

「放開我！放開我！」我聽見史丹利哀求的聲音。

這些稻草人出乎意外的強壯，兩隻手臂緊緊箍住我，整個身體壓著我。

我再次努力想掙脫它的控制，於是使出吃奶的力氣，抬高了頭。

結果，我看到兩團火球，發出橘紅色的光芒。那兩團火球飄了過來。

我在那橘紅色的光芒裡看到阿棍的臉，他的臉上浮現一抹下定決心的堅定表

情。

我使盡全力掙扎，終於向後摔了下去。

「阿棍！」我大叫著。

他拿著兩支熊熊燃燒的火把，我知道那是從穀倉裡拿出來的。

「我留著這個以防萬一。」阿棍高聲說。

稻草人似乎感受到危險了。它們放開我們，想要逃走。

但是阿棍的動作更快，他揮舞著兩支火把，就像甩著兩根球棒一般。

其中一具稻草人著火了，接著又一具，再一具……

黑暗的夜空裡，只見火光飛躍著，橘紅色的火花四濺。

乾稻草很快就變成一團火焰，破舊的外套也迅速燃燒起來。

當鮮豔的橘色火焰在它們身上跳動時，稻草人全身扭動、打滾著，它們倒在地上燃燒著，燃燒得如此猛烈、安靜而快速。

我後退一步，害怕又畏縮的注視著一團團烈火。

外公一隻手圍住外婆的肩膀，他們緊緊倚靠著，臉上映照著熊熊的火光。

史丹利緊張不安的站著，眼睛瞪得好大，緊緊的將那本書抱在胸前，喃喃自語著。可是我聽不清楚他在說些什麼。

阿棍兩手各拿著一支火把，瞇著眼睛看著被火焰吞噬的稻草人。馬克和我則站在他身旁。

不久，地面上只剩下稻草燃燒殆盡的灰燼。

「全都結束了。」外婆高興的說著。

「希望別再發生了。」史丹利也囁嚅道。

隔天下午，屋子裡靜悄悄的。

馬克躺在後門門廊的吊床上看著一大疊漫畫書，外公、外婆則在睡午覺。

阿棍開車去鎮上取信。

史丹利坐在餐桌讀他的魔法書。他一邊伸出手指頭在書頁上移動，一邊輕聲念著書上的文字。

「希望別再發生同樣的事了。」午餐時，他又說了一遍，「這本書讓我得到

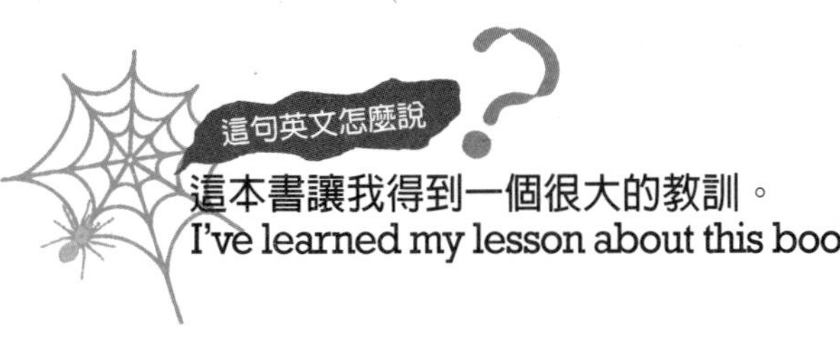

一個很大的教訓，我不會再試著讓稻草人復活了，我不會再讀關於稻草人的那一章了！」

我們都很高興聽到史丹利這麼說。

所以啦，這會兒——在這慵懶、祥和的午後，史丹利坐在餐桌邊，靜靜的讀著書上的其他內容。

而我獨自一人坐在客廳的沙發上，聽著廚房裡傳來史丹利的喃喃自語聲，回想著這幾天發生的事。

一個人能在安靜的午後時分，好好想一想所有發生過的事情，這種感覺眞的很棒。

一個人……

房間裡只有我一個人……

一個人聽著史丹利低聲念著書上的文字。

一個人看著巨大的熊標本眨眼睛。

一個人看到那頭熊舔了舔嘴唇，走下標本臺，一邊狂嘯，一邊伸出巨大的熊

掌向前撲。

一個人聽到牠的胃部發出咕嚕聲，同時瞪視著我。

一個人看到牠經過長長的冬眠甦醒之後，臉上飢餓的表情。

「史丹利？」我發出尖銳的聲音高喊，「史丹利？你剛剛在讀哪一章？」

- 你快點！
  Get a move on!
- 你自己背。
  Carry it yourself.
- 我可以坐在後頭嗎？
  Can I ride in back?
- 也許他是在開玩笑。
  Maybe he was making a joke.
- 真高興見到你們。
  So good to see you.
- 今年的玉米很甜哦！
  The corn is very sweet this year!
- 這個人真是太沒幽默感了。
  He has no sense of humor.
- 我們已經看過這座農場一百遍了。
  We've seen the farm a hundred times.
- 真噁心！
  It's disgusting!
- 你帶我們去看稻草人吧！
  Show us the scarecrows!
- 稻草人會在午夜裡走來走去。
  The scarecrow walks at midnight.
- 你這個變態！
  You creep!
- 多謝你警告我。
  Thanks for warning me.
- 他幾乎不發一語。
  He barely said a word.

- 我有點累了。
  I'm kind of tired.
- 多麼荒誕的想法啊！
  A crazy thought.
- 我們得去叫外公來。
  We've got to tell grandpa.
- 我的眼淚幾乎奪眶而出。
  I practically burst into tears.
- 那些稻草人在動。
  The scarecrows were moving.
- 聽起來挺好玩的。
  Sounds like fun.
- 她準備了我最喜歡吃的東西。
  She put in all my favorites.
- 他真的對那本魔法書深信不疑。
  He really believes the superstitions in the book.
- 放鬆心情，好好玩吧！
  Try to relax and have a good time.
- 你是不是忘記什麼了？
  Didn't you forget something?
- 別那麼幼稚了。
  Don't be such a baby.
- 你把所有的魚都嚇跑了。
  You scared away all the fish.
- 我真的受夠你這些愚蠢的把戲了。
  I'm really tired of your dumb tricks.
- 你是不是看到松鼠之類的小動物？
  Did you see a squirrel or something?

別把我們丟在這兒。
Don't leave us down here.

住手！
Stop!

冷靜點。
Calm down.

我的心還是怦怦直跳。
My heart still pounding.

我的雙手又冷又溼。
My hands were cold and wet.

我們不約而同發出一聲驚呼。
We both shouted in surprise as we collided.

我以為你在釣魚。
I thought you were fishing.

你這玩笑也開得太離譜了吧！
Your joke has gone for enough!

如果有必要的話，我能夠自己跟阿棍攤牌。
I could deal with Sticks if I had to.

我們別理他了。
Let's just ignore him.

趕快睡吧！
Got to get to sleep.

我掙扎著想要爬起來。
I struggled to get up.

我的太陽穴怦怦直跳。
My temples were pounding.

那只是一個夢。
It was just a dream.

他們一大早就出門去了。
They all went off early.

這裡一切都還好吧？
Is everything okay here?

那是一具露出猙獰笑容的稻草人。
It was a grinning scarecrow.

我想我摔斷手腕了。
I think I broke my wrist.

那隻手抓住了我的肩膀。
The hand grabbed my shoulder.

你摔得可不輕。
What a bad fall.

為什麼阿棍要傷害我們呢？
Why was Sticks trying to hurt us?

他不是在開玩笑。
He's not joking.

這些東西到底是做什麼用的？
What on earth are these doing here?

我警告過你。
I warned you.

我很清楚阿棍在對我說謊。
I know Sticks was lying to me.

是我想到的。
I thought of it.

我癢得快死了。
I'm going to itch to death.

我根本就動彈不得。
I can't move at all.

玉米桿不停的來回晃動。
The stalks shifted back and forth.

我真的癢到不行了。
I'm never going to stop itching!

他跟著我來做什麼呢？
Why is he following me?

那具稻草人緊緊抓住我。
The scarecrow held on to me tightly.

我們都很害怕。
We were all so frightened.

其中有幾具稻草人還是活的。
Some of the scarecrows are still alive.

我得趕快處理！
I must take charge!

你到底跑到哪裡去了？
Where've you been?

我不知道我們到底站了多久。
I don't know how long we stood there.

去告訴他們我爸剛做了什麼。
Go tell them what my dad has done.

你為什麼打扮成這個樣子？
Why are you dressed like that?

我們該怎麼辦？
What can we do?

它們不聽我的命令。
They won't obey me.

我命令你們停下來。
I command you to stop.

🕯 它們在模仿你。

They're imitating you.

🕯 我希望這個辦法有效。

I sure hope this works.

🕯 它們不當你是老大了。

They don't think you're their leader.

🕯 我留著這個以防萬一。

I was saving these just in case.

🕯 這本書讓我得到一個很大的教訓。

I've learned my lesson about this book.

雞皮疙瘩系列 07

午夜的稻草人

原著書名——The Scarecrow Walks at Midnight
原出版社——Scholastic Inc.
作　　者——R.L. 史坦恩（R.L.STINE）
譯　　者——陳言襄
責任編輯——劉枚瑛、何若文
文字編輯——艾思

國家圖書館出版品預行編目 (CIP) 資料

午夜的稻草人 / R. L. 史坦恩 (R. L. Stine) 著 ; 陳言襄譯 . -- 2 版 . -- 臺北市 : 商周出版 : 家庭傳媒城邦分公司發行 , 民 104.09 176 面 ; 14.8 x 21 公分 . -- (雞皮疙瘩系列 ; 7)
譯自 :The Scarecrow Walks at Midnight
ISBN 978-986-272-835-2 (平裝)
874.59　104010875

版　　權——翁靜如、吳亭儀
行銷業務——林彥伶、石一志
總 編 輯——何宜珍
總 經 理——彭之琬
發 行 人——何飛鵬
法律顧問——台英國際商務法律事務所 羅明通律師
出　　版——商周出版
臺北市中山區民生東路二段 141 號 9 樓
電話：(02) 2500-7008 傳真：(02) 2500-7759
E-mail：bwp.service @ cite.com.tw
發　　行——英屬蓋曼群島商家庭傳媒股份有限公司城邦分公司
臺北市中山區民生東路二段 141 號 2 樓
讀者服務專線：0800-020-299 24 小時傳真服務：(02)2517-0999
讀者服務信箱 E-mail：cs @ cite.com.tw
劃撥帳號——19833503 戶名：英屬蓋曼群島商家庭傳媒股份有限公司城邦分公司
訂購服務——書虫股份有限公司客服專線：(02)2500-7718；2500-7719
服務時間：週一至週五上午 09:30-12:00；下午 13:30-17:00
24 小時傳真專線：(02)2500-1990；2500-1991
劃撥帳號：19863813 戶名：書虫股份有限公司
E-mail：service@readingclub.com.tw
香港發行所——城邦（香港）出版集團有限公司
香港 灣仔 駱克道 193 號超商業中心 1 樓
電話：(852) 2508-6231 傳真：(852) 2578-9337
馬新發行所——城邦（馬新）出版集團
Cité(M) Sdn. Bhd. 41, Jalan Radin Anum,
Bandar Baru Sri Petaling, 57000 Kuala Lumpur, Malaysia.
電話：(603)9057-8822 傳真：(603)9057-6622
商周出版部落格——http://bwp25007008.pixnet.net/blog
政院新聞局北市業字第 913 號

美術設計——王秀惠
印　　刷——卡樂彩色製版有限公司
總 經 銷——高見文化行銷股份有限公司 客服專線：0800-055-365
電話：(02)2668-9005 傳真：(02)2668-9790

■ 2003 年（民 92）06 月初版
■ 2021 年（民 110）12 月 29 日 2 版 3 刷
■ 定價 / 199 元

ISBN 978-986-272-835-2

Printed in Taiwan
城邦讀書花園
www.cite.com.tw

廣　告　回　函
北區郵政管理登記證
台北廣字第000791號
郵資已付，免貼郵票

104 **台北市民生東路二段 141 號 9 樓**

城邦文化事業（股）有限公司

商周出版 收

請沿虛線對摺，謝謝！

書號：BG7047　　書名：午夜的稻草人　　編碼：

請於此處用膠水黏貼

讀者回函卡

謝謝您購買我們出版的書籍！請費心填寫此回函卡，我們將不定期寄上城邦集團最新的出版訊息。

姓名：______________________________ 性別：□男 □女

生日：西元 ________ 年 ________ 月 ________ 日

聯絡地址：______________________________

聯絡電話：______________________ 傳真：______________________

E-mail：______________________________

學歷：□1.小學 □2.國中 □3.高中 □4.大專 □5.研究所以上

職業：□1.學生 □2.軍公教 □3.服務 □4.金融 □5.製造 □6.資訊
□7.傳播 □8.自由業 □9.農漁牧 □10.家管 □11.退休 □12.其他
____

您從何種方式得知本書消息？
□1.書店 □2.網路 □3.報紙 □4.雜誌 □5.廣播 □6.電視 □7.親友推薦
□8.其他 ______________________________

您在哪裡購買本書？
□1.金石堂（含金石堂網路書店） □2.誠品 □3.博客來 □4.何嘉仁
□5.其他 ______________________________

您喜歡閱讀的小說題材是？
□1.浪漫 □2.推理 □3.恐怖 □4.歷史 □5.科幻/奇幻 □6.冒險
□7.校園 □ 8.其他 ____________________

您最喜歡的小說作家？
華人：______________________ 國外：______________________

最近看過最好看的小說是哪一本？
____

請於此處用膠水黏貼

Goosebumps®

Goosebumps®